Titolo
Quatuor Potentiis - Il Corpo

Copertina: Purple Books&Design/Simona de Pinto

Copyright© Simona de Pinto, 2023

Simona de Pinto

QUATUOR POTENTIIS

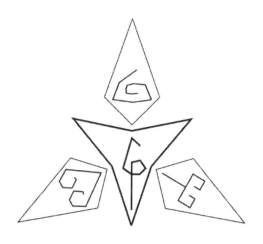

Saga Paranormal Romance

IL CORPO

A te, che ora mi guardi da lassù.
Modello di uomo da seguire,
faro nella tempesta,
pazienza e umorismo.
Ciao, Nonno.

PREMESSA

L'ISTINTO DEL CORPO TI PORTA DOVE CUORE E
MENTE NON RIESCONO AD ARRIVARE.

PROLOGO

Non vedevo Derek da quando aveva annunciato gli ammessi alla seconda parte del Corso, prima dell'inizio delle vacanze natalizie.

Eravamo stati divisi in due gruppi: io ero con Sarah, Melissa, Axel, le gemelle, Jayden e Damian; mentre Zane era finito con Liam, Oliver e Lizah. Il gruppo Dimidium e il gruppo Nephilim, ovviamente.

In teoria, io non avrei dovuto sapere nulla, in pratica tutti sapevano tutto.

Grazie a Evan avevo scoperto anche la mia vera identità.

Eppure Derek, suo fratello, non aveva fatto altro che ripetermi di non fidarmi di lui, per poi sparire come al solito nel nulla.

Avevo deciso di prendermi un po' di tempo per me durante quei giorni di pausa scolastica, tanto la situazione sembrava essere in fase di stallo. I miei genitori non erano ancora tornati, Melissa mi tormentava con gli allenamenti, Sarah mi risollevava il morale e Zane... meglio non pensarci. Cercavo di non aprire il *discorso Zane* ed evitavo di incrociarlo da quel giorno, senza avergli dato alcuna spiegazione. Come avrei potuto raccontargli di quella notte? O della strage mancata? Non mi avrebbe mai e poi mai perdonata. Forse aveva capito che qualcosa non andava e voleva lasciarmi il mio spazio.

E poi dovevo ancora metabolizzare il fatto che io e Axel non fossimo cugini, ma *fratelli gemelli*. Avevo percepito una strana sintonia viscerale tra noi, ma non avrei mai potuto immaginare che fosse dovuta a una cosa del genere. Mi ci stavo abituando, ma serviva molta pazienza, e lui per fortuna ne aveva in quantità industriale per tutti e due.

E poi c'erano Jennifer e Mark.

Durante i nostri allenamenti avevo notato qualcosa di insolito, ma non ero certa delle mie capacità percettive, specialmente nell'ultimo periodo. Comunque, quello che avevo notato, era lo strano rapporto tra Melissa e Mark: era quasi come se lei avesse paura di lui, cosa che non poteva di sicuro essere, eppure era quella l'impressione che mi aveva dato.

Quando lui era nelle vicinanze, Melissa non faceva altro che lanciargli occhiate di sottecchi, quasi come se volesse prevenire possibili mosse azzardate. Lui invece era sempre molto tranquillo, ed era proprio il suo comportamento che faceva traballare i miei sospetti. Si poteva dire che non la degnasse di uno sguardo, aveva occhi solo per la sua amata Jennifer, che ancora non mi capacitavo fosse riapparsa come se niente fosse nella mia vita. Per di più dotata di un potere pazzesco. Non sapevo che potere avesse Mark, ammesso che ne avesse uno.

CAPITOLO 1

Cassy

«Ma la benda è necessaria?» chiesi a Zane, che mi stava sbatacchiando da una parte all'altra della città da quando eravamo usciti da quel bar.

«Ovvio che sì» rispose, con un sorriso che andava da un orecchio all'altro, o almeno così lo immaginavo.

«Dai, Zy, lo sai che odio le sorprese» mi lamentai, sperando di convincerlo a desistere.

«Questa ti piacerà.»

Sbuffai infastidita e mi lasciai guidare rassegnata.

Finalmente Zane si fermò. Nell'aria c'era uno strano odore pungente e iniziai a preoccuparmi.

«Ta-da!» urlò, togliendomi la benda dagli occhi.

In un primo momento pensai che di sicuro avesse sbagliato posto, poi lo guardai allibita.

«Che diavolo significa?» domandai, inarcando le sopracciglia.

«Cosa ti sembra?» Sollevò le spalle e inclinò la testa di lato come a dire *significa esattamente quello che vedi.*

«La ragazza non mi sembra molto convinta» osservò il tipo dietro al bancone, ricoperto di piercing e tatuaggi dalla testa ai piedi.

«E infatti è cos...»

«Non si preoccupi, la ragazza è sicurissima» s'intromise Zane.

Presi una grossa boccata d'aria e mi armai di pazienza. «Non sto capendo, vuoi spiegarmi?»

«No. Ti chiedo soltanto di fidarti di me, per una volta» rispose Zane, sorridendomi dolcemente.

Lo guardai negli occhi per qualche secondo, poi sospirai. «E va bene! Ma se mi fai tatuare qualche oscenità giuro che ti ammazzo!»

«Potrei mai fare una cosa del genere?» Zane rise e mi assestò un buffetto sulla spalla.

«Sì!»

«Ok, ragazzi, bando alle ciance. Da chi cominciamo?» ci chiese il tatuatore.

«Da lei» rispose Zane, senza darmi la possibilità di controbattere.

Due ore dopo uscimmo dal salone con i nostri nuovi, stupendi tatuaggi. Dovevo ammettere che erano meglio di quanto mi aspettassi. Era quello il famoso regalo di compleanno di Zane che aveva tardato così tanto a consegnarmi, e per un buon motivo. Lo studio aveva deciso di chiudere per ferie e rimandare tutti gli appuntamenti che aveva preso a data da destinarsi. Zane aveva scelto la nostra frase, *Amici fino all'assurdo*, e avevamo deciso di imprimerla lateralmente tra il polso e l'avambraccio, in orizzontale, con una grafia semplice, chiara e pulita. Come noi.

Continuavo a guardarmi il tatuaggio, avvolto nella pellicola trasparente, e a ringraziare Zane per la sorpresa e per la bella idea. Non avevo sentito neanche tanto dolore. Zane era stato più sensibile, e la sua faccia contratta mi aveva fatto sbellicare per tutto il tempo.

«Non avevo dubbi che ti sarebbe piaciuto. Chissà che faccia farà tua madre quando lo vedrà. A proposito, è da tanto che non vedo i tuoi. Che fine hanno fatto?»

Domanda da un milione di dollari.

Mi inventai qualcosa al volo.

«Seconda luna di miele. Sai come sono sdolcinati.»

Zane mi guardò di sottecchi. Non se l'era bevuta.

«Già» fece laconico. «Con tutto il macello che è successo di recente, immagino che andare in seconda luna di miele sia una mossa saggia.»

Non risposi, non volevo tradire ciò che avevo detto con l'esitazione del mio tono di voce. Avrei potuto raccontargli la verità, perché no? Non avevo nulla da perdere. Era a conoscenza di chi fossero i miei veri genitori, ossia Lilith e Samael, che differenza poteva fare sapere anche perché se ne fossero andati?

Gli raccontai il vero motivo della loro partenza, e cioè che si erano allontanati per proteggere noi figli da Lucifero, che poteva rintracciarci tramite la nostra scia magica e usarci come esca per raggiungere lei. Zane non sembrò del tutto convinto da quella spiegazione.

«E perché mai Lucifero dovrebbe voler fare una cosa del genere?» domandò all'improvviso, come se avesse tenuto per troppo tempo quella frase sulla punta della lingua.

Strabuzzai gli occhi: effettivamente, pensandoci, non aveva molto senso. Lucifero aveva amato mia madre. Per come la sua storia era stata raccontata, aveva sempre cercato in qualche modo di proteggerla. Perché avrebbe dovuto farle del male? Per gelosia? Qualcosa non tornava in tutta quella storia e, riflettendoci, ogni volta in cui ne avevo parlato con Melissa o Jennifer avevano sviato l'argomento, senza mai darmi risposte precise.

Spiegai i miei dubbi a Zane e lui non fece altro che annuire per tutto il tempo.

«Sono d'accordo, non torna tutto al cento per cento. Le cose sono due: o sotto c'è di più, di cui nessuno è a conoscenza, oppure qualcuno sa qualcosa e non vuole dircelo. Dobbiamo scoprire la verità.»

«Non penso che Sarah sappia più di quello che sappiamo noi. Punterei più su Melissa o Jennifer. O entrambe» dissi, guadagnandomi un cenno di assenso da parte di Zane.

«Lo penso anche io» confermò. «Ma che motivo avrebbero di mentirci? Sono nella nostra stessa situazione. Anche loro sono figlie di Generatrici e rischiano. O no?»

«Beh, sì. Non lo so, Zane. Forse è davvero come sappiamo e non c'è nulla di più.»

«Sarà» fece lui laconico, guardando il cielo.

«Comunque dobbiamo farci una promessa» dissi, riportando il discorso su di noi. «Dobbiamo promettere di smetterla con le discussioni e di non intaccare mai più e in nessun modo la nostra amicizia. Non ce lo possiamo permettere, dopo quello che abbiamo fatto oggi. Ci stai?»

Zane sembrò rifletterci su, poi annuì. «Ci sto.»

Mi abbracciò forte, e stranamente non sentii quelle sensazioni contrastanti che mi avevano dominato fino a poco tempo prima. Forse era stata davvero solo una fase, quella che avevo passato. Zane e io eravamo amici, fratelli, niente avrebbe cambiato ciò che c'era tra di noi.

Ci separammo davanti casa mia e ci salutammo con un abbraccio, come eravamo soliti fare fino a quando si era istaurata quella tensione insostenibile tra di noi. Tutto sembrava tornato alla normalità, e per la prima volta da tanto tempo mi sentivo felice.

Appena varcata la soglia di casa corsi a cercare Axel, che trovai intento a sbaciucchiare Melissa sul divano in salotto.

«Ma insomma!» strillò lei, con la voce più alta di un'ottava. «In questa casa non si conosce il significato di *privacy*?» Si staccò bruscamente da mio fratello con una spinta e mi lanciò uno sguardo di fuoco.

Sogghignai. «Certo, ma non in salotto. Trovatevi una camera per fare i vostri porci comodi.»

«Senti chi parla» disse lei, con una sana dose di sarcasmo. «O forse non c'è spazio in una sola stanza per accogliere tutti i ragazzi sui quali sei indecisa?»

«Piantatela» intervenne Axel, interrompendo una discussione che sarebbe di sicuro degenerata. «Cassy, tutto ok?»

«Prima che la tua ragazza mi accusasse di essere una dai facili costumi, sì.»

«Non era quello che intendevo dire, e lo sai benissimo, caramellina» ribatté lei.

«Comunque ero venuta per farti vedere questo» dissi a mio fratello, mostrandogli il tatuaggio.

«Deb sarà entusiasta» ironizzò Axel. «Però è molto bello. Che significa?»

«È il nostro motto, mio e di Zane, da quando eravamo piccoli. Pare che abbiamo deposto le armi e siamo tornati amici come prima.»

«Sì, come no» borbottò Melissa sottovoce.

«Fammi capire, ti ha morso una tarantola?» la provocai.

«Dico solo che a volte sembri stupida, quando non lo sei affatto.»

«E con questo cosa intendi?»

«Lasciamo perdere. Bello comunque, il tatuaggio, ne vorrei fare uno anche io, un giorno. Quando mi basteranno i soldi per mangiare, forse.»

Sorvolai sulla sua provocazione, salutai e mi avviai dritta in camera. Solo Sarah poteva capirmi, cosa pretendevo da una come Melissa? L'unico che sembrava riuscire a smuovere qualche sentimento positivo in lei era mio fratello. Nei confronti di tutto il resto del mondo era fatta di solo ghiaccio e sarcasmo.

Me ne andai a letto, con la promessa che il giorno seguente mi sarei fatta una bella chiacchierata tra donne con Sarah.

Mi svegliai molto presto e più riposata di quanto potessi sperare. Avevo voglia di farmi una passeggiata, cosa più unica che rara, ma assecondai il mio istinto. Mi vestii e mi recai al lago, con i raggi dell'alba ancora alti nel cielo violetto. Il lago era silenzioso e faceva piuttosto freddo a quell'ora del mattino, in inverno, ma in qualche modo quella temperatura così fredda era in grado di dare chiarezza ai pensieri. Mia madre avrebbe detto che era *un vero e proprio toccasana*. Mia madre Lilith, già. Se qualcuno me lo avesse raccontato un paio di mesi prima, gli avrei riso in faccia. Eppure era tutto vero. I poteri esistevano, come gli angeli, le Arpie, i Nephilim e compagnia bella.

E i Dimidium.

Melissa mi aveva detto che io ero una Dimidium Anima, ma come era possibile? Non ero figlia di due Dimidium, ma di una Generatrice e un Angelo caduto, o demone che dir si voglia. Rientravo ugualmente nella categoria dei Dimidium o ero qualcosa di diverso?

E poi c'era Axel. Da sempre convinta che fosse mio cugino, in realtà era mio fratello gemello. Anzi, saremmo dovuti essere la stessa persona. Come si poteva accettare un pensiero del genere senza impazzire? Era come se fossi una sorta di *persona a metà*, non ero *intera*. Sarei stata sempre incompleta.

Chi è completo, dopotutto? disse una voce rassicurante nella mia testa.

Sì, ma non era la stessa cosa.

Nessuno era stato *fisicamente diviso a metà* come me ed Axel. Ok, era stato fatto per proteggerci, ma rimaneva lo stesso una cosa assurda. Inaccettabile.

Da quando avevo saputo di quel particolare, la notte facevo incubi su uomini armati di sega che mi tagliavano a metà lungo i fianchi. Oppure sognavo di essere l'assistente di un prestigiatore: entravo nella cassa magica e venivo segata a metà per lo spettacolo. Peccato che venivo tagliata per davvero, e nel sogno urlavo come una disperata. A volte riuscivo proprio a percepire il dolore, e allora mi svegliavo di soprassalto, trattenendo le grida per non svegliare Axel, spesso in dolce compagnia. L'ultima cosa che volevo era passare per pazza agli occhi di Melissa, che nell'ultimo periodo mi guardava in maniera sempre più strana, quasi come se si aspettasse qualcosa da me, una reazione di qualche genere.

L'intenzione era passare una giornata rilassante in compagnia di quella che avevo iniziato a definire a tutti gli effetti la mia nuova migliore amica, e ancora non mi pareva vero che quelle parole uscissero dalle mie labbra. Dopo Jennifer, ero certa che non avrei più usato quell'appellativo per nessun'altra.

Sarah rispose al telefono in meno di tre millesimi di secondo, come al solito. Non mi sembrò tanto sorpresa per il regalo di Zane, perciò mi venne il sospetto che ci fosse stato anche il suo zampino. Le diedi appuntamento per dopo pranzo, e lei accettò entusiasta. Passare del tempo a casa nostra la faceva stare bene, la faceva distrarre dal pensiero di tutto ciò che anche per lei era stato un trauma nelle ultime settimane. I suoi genitori non erano i suoi veri genitori, sua madre era una delle quattro Generatrici, e l'aveva abbandonata per prendere Axel con sé. Sarah era cresciuta all'oscuro di tutto, pensando di avere soltanto dei genitori fissati con la religione, ma molto affettuosi nei suoi confronti e sempre pronti a sostenerla.

Aveva più volte tentato di portarli sul *discorso adozione*, ma sua madre puntualmente si dimostrava spaesata e suo padre continuava a ripeterle che lei fosse solo un dono del cielo.

Così Sarah si era messa a cercare per tutta casa degli indizi che potessero condurla da qualche parte, e inaspettatamente aveva trovato un album di foto in cui sua madre adottiva era incinta. Il che era assurdo, e ancora non eravamo riuscite a trovare una spiegazione. Poteva essere una precedente gravidanza andata male?

Sarah però sembrava più preoccupata per la mia situazione che per la sua, e non faceva altro che sostenermi e supportarmi sempre. Mi sentivo in colpa, perché non riuscivo a ricambiare come volevo, ma lei diceva che dopotutto non era messa male quanto me e ora ero io ad aver bisogno di una spalla amica e di chiarezza.

Non era lei quella che aveva alle calcagna Lucifero in persona.

CAPITOLO 2

Sarah

C assy aveva gli occhi che le brillavano e stava parlando ininterrottamente da un quarto d'ora abbondante. Non l'avevo mai vista così raggiante, come potevo spezzare quell'idillio senza ferirla? Zane mi aveva confessato di volerle fare quell'insolita sorpresa e io l'avevo trovata subito una splendida idea, anche se non ero sicura che Cassy accettasse senza battere ciglio.

Ero contenta che Zane fosse riuscito nel suo intento, e vederla così sorridente mi faceva dubitare della frase che continuava a ripetere da quando aveva aperto bocca. *Non fraintendere,* diceva, *siamo solo amici.* Eppure il suo sguardo mi comunicava molto di più, e a essere onesta, anche l'aura purpurea che le aleggiava intorno ogni qualvolta nominasse il suo cosiddetto *amico.* Un'altra delle strabilianti doti gentilmente concesse dal mio potere di Dimidium Cuore.

L'aura delle persone dice molto sulla loro anima e sulle loro emozioni, specialmente nel caso di sentimenti forti come l'amore. Ed era innegabilmente amore, quello che aleggiava intorno ai corpi di Zane e Cassy quando parlavano l'uno dell'altra.

Da piccola, uno dei miei passatempi preferiti era osservare l'aura delle persone e decifrarne il significato; da quando i miei poteri si erano manifestati le riuscivo a leggere senza alcun dubbio e coglievo al volo qualsiasi cosa stessero trasmettendo. Assorta nei miei pensieri, per un istante mi dimenticai di dar retta a Cassy, che stava continuando a parlare a tutta velocità della giornata trascorsa con il suo migliore amico. Tornai alla realtà e a ciò che era accaduto, nello stesso istante in cui Cassy disse di essere stata con Zane proprio il giorno prima, con il tatuaggio come testimone.

Ma Zane era rimasto tutto il pomeriggio a casa mia, a parlarmi in maniera misteriosa, direi seducente, troppo per i suoi standard. Era sembrato un'altra persona, con tutte quelle domande su Cassy e le sue abitudini. Come se non la conoscesse meglio di me.

La sera stava calando e faceva sempre più freddo, ma Cassy era fin troppo accaldata per accorgersene. Utilizzai il controllo delle sensazioni per infondermi un po' di calore e tornai con i piedi per terra.

«Tu che ne pensi?» disse a un tratto Cassy, lasciandomi interdetta.

Era da almeno dieci minuti buoni che non la stavo ascoltando, non era affatto da me.

«Ehi, Sarah, tutto bene? Sei strana» continuò, fermandosi sulla strada illuminata da alcuni lampioni e guardandomi con quei suoi particolari occhi quasi gialli.

Ogni volta che incontravo il suo sguardo, un brivido mi scendeva lungo la colonna vertebrale: quel colore inusuale mi metteva in soggezione, ma ero sempre stata brava a nasconderlo per non farla rimanere male. Ecco spiegato il motivo del perché evitavo spesso il suo sguardo, anche se, man mano che la nostra conoscenza si era approfondita, avevo iniziato a farci l'abitudine.

«Sì, scusami, sono un po' distratta. Ma ti ascolto, dimmi pure. Sono tutt'orecchi» le dissi, cercando di salvare la situazione in extremis.

«Sarah, è almeno dieci minuti che dico cose senza senso. Avevo capito che fossi distratta, volevo vedere fino a che punto, però» ammise Cassy, con un mezzo sorriso di scuse.

«Sei subdola!» Finsi irritazione e sorrisi. La perspicacia era una dote che non credevo le appartenesse. Un punto a suo favore.

«Non volevo interrompere il corso dei tuoi pensieri, mi sembravano importanti.»

Quelle parole mi lasciarono esterrefatta: quando avevo conosciuto Cassy, pochi mesi prima, mi era parsa una ragazza ancora molto acerba, ma la sua maturità stava iniziando a venire fuori poco a poco. Gli eventi recenti sicuramente avevano contribuito. Mi sentii in colpa: volevo raccontarle di Zane, chiederle come fosse possibile che si trovasse in due posti diversi allo stesso momento, e dirle anche che mi era sembrato fin troppo strano; ma aveva già tanti pensieri, non volevo preoccuparla ulteriormente.

«Ma no, tranquilla, pensavo solo agli ultimi avvenimenti. È pazzesco, soprattutto quello che riguarda te.»

«Promettimi che per qualsiasi cosa ti farai sentire» disse Cassy, con tono preoccupato.

Eravamo sull'uscio di casa mia e lei aveva posato una mano su una delle mie braccia incrociate. Mi era sempre stato chiaro che Cassy non era tipo da contatto fisico, quindi ne dedussi che fosse davvero molto in pensiero per me.

Le presi una mano e la strinsi affettuosamente.

«Stai tranquilla, è tutto ok. Ho solo bisogno di riposare e schiarirmi le idee. Davvero» aggiunsi, quando alzò al cielo un solo sopracciglio.

«D'accordo, mi fido. Spero di non fare una cazzata. Buonanotte, Sarah, ci sentiamo domani.»

Mi salutò con la mano e si allontanò lungo il vialetto.

I miei genitori avevano deciso di trascorrere il Natale dalla nonna; io ero rimasta, con la scusa di dover aiutare un'amica a recuperare una materia. Ovviamente non esisteva alcuna amica con materie da recuperare, ma non potevo permettermi di abbandonare gli altri con tutto quello che stava succedendo.

Mollai la borsa sulla credenza in corridoio e afferrai il cellulare dalla tasca dei jeans. Non avevo ancora acceso la luce e intorno era tutto buio, ma la cosa non mi spaventava. Ero abituata a muovermi per casa in totale oscurità. Il problema sopraggiunse quando sbloccai lo schermo del telefono e la luce illuminò una figura umana proprio di fronte a me. Feci d'istinto un passo indietro e portai una mano davanti, pronta a difendermi.

«Fatti vedere» dissi con voce calma, tremando dentro.

«Non pensavo che avessi tutto questo sangue freddo. La mia stima è salita di parecchio, stasera.» La voce del ragazzo era familiare, calda e bassa. L'avevo già sentita prima, ma non ricordavo dove e a chi appartenesse.

Non dovetti attendere molto, perché la figura fece un passo verso di me e il suo viso venne illuminato dal display del telefono. Alla luce chiara, i suoi occhi grigi sembravano quasi bianchi, e il piercing al sopracciglio creava un riflesso sulla parete.

«Evan?» dissi con voce strozzata, e mi sentii avvampare.

«Sorpresa» rispose il ragazzo, facendo un altro mezzo passo in avanti.

Eravamo a pochissimi centimetri di distanza, potevo sentire il suo respiro sulla fronte.

Sapevo che proprio alle mie spalle c'era l'interruttore della luce, quindi portai velocemente una mano all'indietro. Tastai la parete con gli occhi incollati ai suoi e lui non fece alcuna mossa. Era quasi come se si stesse gustando la mia agitazione, e ciò mi snervò parecchio.

Finalmente il click sommesso annunciò l'arrivo dell'illuminazione, e la sua figura mi apparve ancora più fuori posto lì, dentro casa mia.

«Che ci fai qui? Come sei entrato?»

«Ho i miei trucchi» rispose Evan, che si spostò verso il divano e ci si lasciò cadere sopra, per poi incrociare le gambe in maniera molto mascolina.

«Posso sapere per quale motivo sei entrato in casa mia?» continuai, rimanendo ferma sul posto. Quel ragazzo emanava un'aura misteriosa e pericolosa. C'era anche qualcos'altro, che non avevo mai visto prima... o almeno così avevo pensato; finché non mi venne un flash: quell'aura aveva tantissimi punti in comune con un'altra di mia conoscenza. La prima volta che lo avevo incontrato, qualche giorno prima, ne avevo avuto il sospetto; ora non ne avevo più. Vederlo in quel contesto aveva chiarito quell'unico dubbio su di lui. «Cosa c'entri tu con Derek? Siete parenti, per caso?»

Le mie parole lo presero in contropiede e si drizzò sul divano. «Cosa vorresti dire?»

«Quello che ho detto. La tua aura è simile alla sua. Tu sei solo più stronzo» spiegai, meravigliandomi per la mia schiettezza. Quel ragazzo era stato in grado, senza fare assolutamente nulla, di tirare fuori il peggio di me.

«E così sei una Dimidium Cuore, una molto potente... buono a sapersi» disse Evan, sviando la questione.

«Mi sembra di averti fatto una domanda.»

Le sopracciglia di Evan scattarono verso l'alto, come se fosse sia sorpreso che divertito. Era già rientrato nei suoi panni da *bad boy*.

«Derek è il mio adorato fratellino» ammise, con un sorrisetto malizioso sulle labbra. «Ma questo la tua amica già lo sa» aggiunse, mirando a ferirmi.

L'amica di cui parlava era sicuramente Cassy, ma come faceva a esserne a conoscenza? Quando si erano incontrati?

Come leggendomi nel pensiero, rispose alle mie domande. «Ho beccato la tua amica dai capelli rosa a casa del mio fratellino, qualche tempo fa, prima delle vacanze natalizie, anche se lui è convinto che io non li abbia visti.» Fece uno sbuffo simile a una mezza risata e tornò a sedersi più rilassato. Aveva ripreso in mano le redini della conversazione, o almeno così credeva. E io ero ben lieta di lasciarglielo credere: avrei utilizzato la sua sicurezza a mio favore, se si fosse reso necessario. «Non prendertela se non te l'ha detto, magari non ha nemmeno capito, non mi sembra molto perspicace.»

«Come dici tu» risposi, accogliendo la sua provocazione. «Ma ancora non mi è chiara la tua presenza qui, in casa mia, di notte.»

«Perché non ti siedi?» disse, dando dei lievi colpetti con la mano sul divano, accanto a lui.

Sì, certo, come no. Mi ha preso per stupida, forse?

«Non ti prendo per stupida» disse, e io strabuzzai gli occhi.

Come ha fatto...

«Anch'io ho i miei trucchetti da prestigiatore, piccola. Ma veniamo alla tua domanda: perché sono qui?»

Evan cambiò posizione e sembrò essersi rassegnato alla mia distanza. Scostai una sedia dal tavolo e mi sedetti di fronte a lui. Non riuscivo a dire neppure una parola; quel suo modo di leggermi la mente mi aveva spiazzata. Tentai di pensare ad altro, per non dargli modo di entrare di nuovo nella mia testa, ammesso che lo avesse davvero fatto.

Evan non sembrò preoccuparsi dei miei pensieri e iniziò a parlare. «Non sarei mai venuto se non avessi avuto un buon motivo. Oltre a voler rivedere una bella ragazza, s'intende.»

Le lusinghe non avevano mai attaccato con me, e non avrebbero iniziato a farlo ora. «Vieni al punto.»

«Mmm, diretta. Mi piace.» Evan si sporse in avanti e mi guardò con uno sguardo di fuoco che mi fece venire i brividi. Quelli non potevo controllarli. «Sono qui perché sono un Terminatore. Ma questo penso che tu l'abbia capito. E prima che la cosa ti possa spaventare, non sono qui per ucciderti.»

I miei occhi saettarono da una parte all'altra della stanza, mettendo a fuoco le vie di fuga. Mantenni la calma. «E allora cosa vuoi da me?»

«Io nulla. Oddio, qualcosa ci sarebbe...» Il suo sguardo vagò malizioso sul mio corpo, poi tornò sul viso e aggiunse serio: «Ci servi».ik+,

«Vi servo?»

«Sei una Noctis, l'ho visto nei tuoi occhi. Vuoi annullare il tuo status e diventare una Solis?»

«Non capisco cosa intendi dire» risposi prontamente, mascherando il mio disagio.

Mia madre, non appena i miei poteri si erano manifestati, mi aveva raccontato di come tutta la sua famiglia avesse solide radici di Dimidium Dominanti Cuore. Ero stata istruita su quel mondo. Poi avevo scoperto di non essere veramente figlia dei miei genitori, e molte mie sicurezze erano crollate, anche se non ero ancora riuscita a chiarire certi discorsi con i miei. Comunque, grazie a loro, sapevo bene cosa volesse dire una richiesta del genere.

E a una richiesta del genere non si poteva dire di no.

Presi un grosso respiro. «Cosa volete da me?»

Evan appoggiò la testa allo schienale del divano.

«Non avrei mai detto che avessi così tanto carattere, non mi sembravi una tipa con le palle.»

Non risposi, sapevo che cercava di provocarmi per scatenare una mia reazione.

I Nephilim, di tanto in tanto, reclutano Dimidium con abilità particolari per aiutarli nella caccia, con la promessa di protezione e intoccabilità. D'altra parte, però, non si facevano scrupoli a eliminarli non appena si fossero rifiutati di arruolarsi. Da quello che avevo capito, Evan non era affatto un tipo da farsi scrupoli, come invece mi era sempre parso Derek. Non avevano niente in comune se non il cognome, probabilmente. *E alcune note dell'aura.*

A quel pensiero mi venne un'illuminazione: e se la strana attrazione tra Derek e Cassy fosse dovuta soltanto a un desiderio di protezione di Derek nei suoi confronti? Il desiderio di protezione da se stesso? Cassy era speciale, la figlia di Lilith in persona, sicuramente una Dimidium molto potente... e i Nephilim avvertivano quel tipo di potere. Se fosse proprio quello a creare quella tensione tra loro?

«Posso sentire i bellissimi meccanismi del tuo cervello che stridono.» Evan ridacchiò sensualmente.

Come può una persona essere tanto sexy e così spaventosa allo stesso momento?

Arrossii e lui se ne accorse.

«La reazione del tuo corpo mi lusinga. Se non fossi qui per altro proverei a rimorchiarti, proprio adesso» ammise lui con nonchalance.

Mi schiarii la voce e i pensieri. Scattai in piedi.

«Senti, so bene cosa significhi quella tua specie di proposta, so bene anche che pensi che io sia costretta ad accettarla, se voglio rimanere in vita. Ma, notizia dell'ultima ora, la mia risposta è no. Ora, se vuoi farmi fuori, vedi di sbrigarti. Altrimenti quella è la porta.»

Levai l'indice e lo puntai prima contro di lui e poi verso la porta di casa. Il controllo delle emozioni che stavo utilizzando su me stessa mi aiutò a mantenere la calma e a non mostrarmi troppo agitata.

Evan si passò la lingua sulle labbra, quasi ad assaporare la mia ribellione e ciò che ne sarebbe comportato. Fece per aprire la bocca e rispondere, poi la chiuse di scatto e si alzò in piedi. Feci un passo indietro, mantenendo però gli occhi fissi su di lui e il dito ancora puntato verso la porta. Si avvicinò a me con passi lenti e il cuore iniziò ad accelerare nel petto. Il respiro si fece più affannoso: ero pronta a perdere la vita in quell'istante, sul tappeto del salotto di casa mia?

Chiusi gli occhi e abbassai il braccio, rassegnata. Potevo difendermi, lottare, forse anche egregiamente, ma lui avrebbe avuto la meglio, quindi perché stancarmi, soffrire? Meglio una morte rapida e indolore.

La sua presenza incombeva su di me, pesante come un macigno. Potevo sentire il calore emanato dal suo corpo a pochi centimetri dal mio. Trattenni il respiro, sicura che il colpo mortale fosse già stato caricato. Poi, un sussurro nel mio orecchio destro mi fece sobbalzare.

«Sei troppo carina per morire, *per ora*. Ti do un'altra possibilità. Mi sento buono. Pensaci, tornerò presto per sentire dalle tue morbide labbra una risposta diversa. Quella giusta. O se cambi idea prima...»

Quando riaprii gli occhi era scomparso. L'adrenalina sgorgò a fiumi non appena mollai il controllo delle emozioni, e ricaddi sul pavimento stremata. Non mi ero resa conto che stessi facendo così tanta fatica. Il mio pensiero corse a Cassy: avrei dovuto parlargliene? L'avrei fatta preoccupare per niente, avrei potuto cavarmela da sola.

In mano mi trovai un biglietto con un numero di telefono.

Mi addormentai sul pavimento, sperando che al risveglio sarebbe stato tutto un brutto sogno; proprio appena i miei occhi incontrarono l'orologio appeso alla parete, che segnava quasi mezzanotte.

Qualche ora più tardi mi svegliai di soprassalto, immersa in un bagno di sudore. Avevo la netta sensazione che qualcuno fosse in pericolo, ma era tutto piuttosto vaga e la mia mente era troppo annebbiata per dare un significato concreto a ciò che stavo provando. Mi alzai dal pavimento, con i muscoli doloranti, mi svestii e mi misi a letto, sperando che il mattino portasse con sé anche maggiore lucidità.

Cassy

A stento trattenni un urlo. Mi sollevai di scatto dal materasso con il fiato corto e la pelle che scottava. Ero sempre stata consapevole di fare sogni particolari, vividi, ma puntualmente al risveglio rimaneva in me soltanto la sensazione di ciò che avevo sognato, un vago e lontanissimo ricordo. Quella volta invece, tutto era rimasto impresso a fuoco nella mia testa, come se ciò che avevo sognato fosse un avvertimento.

Un avvertimento di pericolo, mi trovai a pensare.

Ricordavo ogni minimo dettaglio, anche le emozioni di terrore che avevo provato: l'ansia crescente, l'adrenalina che scorreva rapida nelle vene, l'istinto di fuga. Il problema era il protagonista del sogno: Zane. Dopo la giornata trascorsa insieme, non lo avevo più sentito. Come minimo mi avrebbe tempestato di messaggi per sapere come stesse andando con il mio tatuaggio, invece non avevo avuto alcuna notizia da parte sua. Era passato un solo giorno, non avrei dovuto avere motivo di preoccuparmi, ma il mio cuore gridava il contrario e io non me la sentivo di non assecondarlo. Infischiandomene altamente dell'orario, afferrai il telefono e inviai un messaggio a Zane, che però non risultò nemmeno consegnato al destinatario, come se il telefono fosse spento. Il panico prese il sopravvento e decisi di provare a chiamarlo. Come avevo immaginato, il telefono risultò staccato. Cercai di calmarmi, immaginando che magari avesse il telefono scarico. Respirai profondamente e mi ributtai sul cuscino.

Mamma, ho bisogno di te. Dove sei?

Poco dopo caddi nuovamente in un sonno agitato.

Neanche un'ora più tardi il mio telefono vibrò e cadde sul pavimento con un tonfo sordo, che mi svegliò. Il display segnava le 04:37 e il mio cuore perse un battito, poi mi ricordai di Zane. Doveva essere in pensiero per la telefonata che gli avevo fatto a notte fonda e mi maledissi per non essere riuscita a stare calma, almeno una buona volta. Tutto a causa di uno stupido sogno.

Raccolsi il telefono: infatti era proprio lui. Presi al volo la chiamata.

«Scusami, Zy, ero solo in pensiero per un sogno che avevo fatto. Non volevo disturbarti, a volte sono proprio un'idiota...»

«Sono sotto casa tua» rispose una voce solo vagamente simile a quella del mio migliore amico.

Era profonda, roca, sabbiata. Era Zane, ma non era lui. Non sapevo come definire quel contrasto mentale che avvertivo. C'era qualcosa che non andava, decisamente.

«Zane, sei tu?» chiesi stupidamente. Certo che era lui, la voce era la sua. Era il tono a essermi estraneo.

«E chi se no?» rispose lui, modulando la voce in una maniera che quasi mi rasserenò. Anche se il campanello d'allarme nella mia testa continuava a suonare imperterrito.

«Scusami se ti ho fatto preoccupare» ripetei. «È stato solo uno stupido sogno.»

«Scendi» disse soltanto, facendomi accapponare la pelle. Qualcun'altra lo avrebbe sicuramente trovato attraente, ma io lo conoscevo troppo bene: qualcosa non andava.

Mi venne in mente la strana espressione di Sarah, quando le avevo raccontato del mio pomeriggio trascorso con Zane. In qualche modo il mio inconscio collegava le due cose.

«Ok» gli risposi, e lui riattaccò senza aggiungere altro.

Rimasi per qualche secondo a fissare il cellulare, stupita da quel modo brusco di chiudere la chiamata, poi mi feci forza e mi alzai dal letto. Scesi le scale al buio, come se la luce potesse rivelare la mia posizione al nemico, e mi appostai dietro l'uscio, con l'orecchio teso per cogliere qualsiasi rumore provenisse dall'esterno. Lui era lì, lo sentivo respirare e strisciare un piede sul cemento del vialetto.

«So che sei dietro la porta, Cassy» sussurrò, facendomi sobbalzare. «Dai, apri, non farmi aspettare qua fuori al freddo.»

In caso di guai, potrei gridare e Axel accorrerebbe subito in mio aiuto, pensai.

Ma a chi volevo prendere in giro? Cosa poteva mio fratello contro di lui? E poi, soprattutto, perché avevo quei pensieri nei confronti del mio migliore amico? Girai la maniglia e me lo trovai davanti, eretto in tutti i suoi quasi due metri. Aveva i capelli bagnati e spettinati. No, non erano bagnati, era... *gel?* E da quando Zane usava il gel?

«Ciao, dolcezza» mi disse, facendo un passo da predatore verso di me.

E io ne feci tre indietro.

«Sembra quasi che tu abbia paura di me. Che motivo hai di averne?»

Avanzò ancora e d'istinto accesi la luce. Non c'erano dubbi che fosse lui, anche se il suo abbigliamento era del tutto fuori dall'ordinario. Sembrava che fosse passato per l'armadio di Melissa.

«Ma che diavolo ti sei messo addosso?»

«Non trovi che questo nuovo look si addica di più al mio fascino?» rispose lui, piegando la testa di lato e fissandomi con quei suoi meravigliosi occhi azzurri, che quella sera mi sembravano più intensi del solito.

Era matita nera quella che gli evidenziava gli occhi?

«Perché questo cambiamento all'improvviso?»

«Sai...» iniziò lui, avanzando ancora verso di me e richiudendosi la porta alle spalle, «pensavo che potessi piacerti di più.»

«Ancora con questa storia?» sbottai di colpo, riacquistando fiducia. «Ne abbiamo già parlato, l'ultima volta proprio ieri pomeriggio, quando non ti eri ancora fatto dare lezioni di stile da Melissa. La promessa, ti ricordi?»

«No, sinceramente no, non me ne frega un cazzo di quella promessa, qualunque essa sia.»

Le sue parole erano affilate come coltelli, e in un baleno l'insicurezza e la paura tornarono a farsi largo dentro di me. Quell'incubo doveva c'entrare qualcosa, non poteva essere stato un caso.

Doveva andarsene.

«Per favore, vattene» gli dissi, spostandomi verso la porta e aprendogliela alle spalle.

Senza dire altro, uscì e si allontanò a grandi falcate verso casa sua.

CAPITOLO 3

Axel

« Hai una faccia... sembri stravolta» dissi a mia sorella durante la nostra solita colazione a base di cornetti.

Da quando i nostri genitori erano partiti, mi occupavo io della cucina. Me la cavavo, al contrario di Cassy. Lei aveva sempre apprezzato, ma non quella mattina. Non aveva toccato cibo. Erano almeno dieci minuti che girava il suo caffelatte con doppia panna, ormai quasi del tutto sparita. Lei sospirò e poi alzò gli occhi su di me. Mi parve di guardarmi allo specchio.

«Axel, devo parlarti.»

Avevo intuito che la situazione fosse grave, ma immaginavo, per quel poco che l'avevo conosciuta, che se la sarebbe tenuta per sé. Lasciai la mia brioche sul piattino e attesi che parlasse.

«Questa notte... beh, è successa una cosa strana. Non so da dove iniziare.»

Il suo sguardo vagava da me al tavolo e viceversa, come se le venisse complicato mantenere un contatto visivo.

«Comincia dall'inizio» le suggerii, pentendomene subito dopo, perché mi lanciò uno dei suoi soliti sguardi di fuoco che dicevano *mi pare ovvio*.

«Ho fatto un sogno strano, riguardava Zane. Voleva uccidere se stesso e poi uccidere anche me.»

«Uccidere se stesso? Intendi suicidarsi?»

«No, uccidere se stesso. Nel sogno c'erano due Zane, e uno voleva uccidere l'altro. Comunque non mi va di parlare di questo. Fatto sta che mi sveglio di soprassalto, terrorizzata, e...»

«Cassy, era solo un sogno, può capitare di...»

«Fammi finire!» sbottò, tornando al suo solito tono antipatico.

Tirai un sospiro di sollievo: forse non era così grave come pensavo, se aveva ancora voglia di essere così acida.

Sospirò. «Scusami» disse, e io le sorrisi comprensivo. Poi riprese: «Comunque, mi sveglio e vengo assalita da una brutta sensazione su Zane. Gli mando messaggi, lo chiamo, ma non risponde».

«E vorrei ben vedere! Era notte fonda! Ok, sto zitto» aggiunsi, prima di ricevere l'ennesima strigliata.

«Mi riaddormento» continuò lei, ignorando la mia interruzione, «ma dopo poco mi sveglio di nuovo perché il telefono squillava. Era Zane e aveva un tono a dir poco sinistro. Ha detto di essere sotto casa e mi ha chiesto di scendere.»

Mi raccontò il resto della storia e il mio stupore aumentò man mano che mia sorella andava avanti con il discorso. Raggiunse l'apoteosi, quando mi parlò del particolare abbigliamento di Zane e del linguaggio con il quale le si era rivolto.

«Pensi che possa c'entrare qualcosa il fatto che sia innamorato di te?» le chiesi a bruciapelo, e lei mi rispose con un'espressione contrariata.

«Ma se ti ho detto della nostra promessa! Come si fa a cambiare idea, personalità e look, in così breve tempo? È successo qualcosa, sono preoccupata» concluse, mollando definitivamente il croissant intatto sul piattino.

«Senti, ho un'idea» le dissi di getto. «Organizziamo una festa di Natale qui, a casa nostra, e invitiamo tutti. Vediamo come si comporta, magari è stato solo un momento isolato, aveva bevuto o era sonnambulo. Che ne dici?»

Cassy incrociò le braccia al petto. Forse non se n'era mai resa conto, ma era solita fare quel gesto quando cercava di proteggersi da qualcosa: una situazione spiacevole, un gesto che la infastidiva, una persona che la importunava. Ero pronto a ricevere un diniego, ma sorprendentemente rispose: «D'accordo, tanto non abbiamo altro da fare. E poi mi farebbe piacere vedere tutti in un contesto diverso, che non sia per forza la scuola o l'allenamento».

Sorrisi raggiante, volevo stupirla. Risollevarle il morale. E volevo anche un'ulteriore prova che Zane non fosse uscito del tutto di testa.

«Farò del mio meglio.»

Qualche giorno più tardi, Cassy e io stavamo finendo di appendere le ultime decorazioni. La tavola era già pronta e imbandita, mancavano soltanto gli ospiti. La prima ad arrivare fu Sarah, che entusiasta ci diede subito una mano con il resto dei preparativi. La vidi avvicinarsi più volte a Cassy, come se avesse intenzione di dirle qualcosa, ma poi si tirava sempre indietro. Si sforzava di apparire sorridente e spensierata. Anche lei nascondeva qualcosa, ne ero più che certo, ma non avevo un livello di confidenza tale da potermi permettere di chiederle cosa avesse.

Un'ora più tardi ci raggiunsero Melissa, Jennifer e Mark. Quando il campanello suonò, Cassy si voltò speranzosa verso la porta e rimase delusa quando si trovò davanti ai tre. Ero certo che aspettasse Zane, che non si era più fatto vivo da quella notte. Cassy mi aveva raccontato che più volte era passata da casa sua, ma non aveva mai ricevuto risposta. Era preoccupata, ma l'avevo convinta a lasciargli il suo spazio. Probabilmente l'amore lo aveva accecato del tutto, poverino.

Melissa era incantevolmente dark, come sempre, ma stavolta aveva qualche accenno di rosso in più, che spiccava tra il suo abbigliamento scuro. Era sexy da morire, e il mio corpo fremeva all'idea di cosa sarebbe accaduto più tardi, quando saremmo rimasti soli nella mia stanza. Lei mi lanciò uno sguardo seducente e tutte le mie preoccupazioni e i miei pensieri svanirono in un baleno. Era come se fosse capace di stregare tutti i miei sensi, come se ogni cosa si annullasse davanti alla sua imperfetta perfezione. Nessun'altra donna avrebbe potuto conquistare il mio cuore come aveva fatto lei, mai e poi mai.

Nascosto nel comodino della mia stanza, in un piccolo cassetto, tra le mie calze e i miei boxer, c'era una scatoletta di velluto blu notte, che celava un costoso anello in oro bianco con un onice di taglio brillante. L'avevo acquistato già da tempo, dovevo solo decidere il momento e l'occasione adatta, poi le avrei chiesto di stare con me ufficialmente. Non potevo permettermi di perderla, era stata la prima persona a ridarmi vita, speranza. La volevo con me per il resto dei miei giorni.

Mi avviai verso di lei e le presi la mano, schioccandole poi un lieve bacio sulla clavicola sinistra, come ero solito fare.

Ora non avevo altro pensiero all'infuori di lei.

Cassy

Axel era stato davvero premuroso a realizzare quella festa per risollevarmi il morale, anche se aveva spostato del tutto la sua attenzione su Melissa. Sarah mi parlava del più e del meno, ma non riuscivo a darle retta: i miei occhi saettavano continuamente verso la porta, in attesa del momento in cui il campanello avrebbe suonato e Zane avrebbe fatto il suo ingresso. Il *mio Zane*, non quello di quella sera.

Jennifer e Mark vennero nella mia direzione; lei aveva uno sguardo preoccupato e curioso, lui era il solito taciturno della situazione.

Come a dar voce ai miei pensieri, Jennifer si rivolse a me.

«Ma il tuo amico? Zane?»

E come al solito sbottai. «Mica viviamo insieme, che ne so io di dov'è e che fa?»

Tutti si girarono a guardarmi, compresi Axel e Melissa, appartati in un angolo.

«Scusami. Sono un po' nervosa. Non so dove...»

Prima di finire la frase, il dannato campanello finalmente si fece sentire e Sarah andò ad aprire. Era come se la mia preoccupazione avesse coinvolto tutti, perché gli sguardi dei presenti la seguirono, in attesa di scoprire chi ci fosse oltre quella porta.

Sarah aprì lentamente e la visione fece sobbalzare tutti quanti. No, non era decisamente il mio Zane, era lo stesso di quella notte. Ma la cosa strana era che non era solo: accanto a lui c'era Derek. Lanciava sguardi a Zane di sottecchi, come se fosse pronto a proteggersi da un eventuale attacco da parte sua.

«Ho portato un ospite» esordì Zane, con la sua nuova voce bassa e sinistra. Poggiò una mano sulla schiena di Derek e lo spinse leggermente all'interno, per poi entrare a sua volta e richiudersi la porta alle spalle. Si avvicinò pericolosamente a Sarah.

«Ci si rivede, piccola» le sussurrò, afferrandole il mento tra due dita e scoccandole un bacio sulle labbra, tra lo sgomento dei presenti, che si voltarono verso di me.

La sensazione che mi investì fu che il pavimento mi venne sfilato da sotto i piedi. Il fiato mi si mozzò nei polmoni ed emisi un flebile lamento, a malapena udibile. Ci mancò poco che crollassi lunga distesa, ero in balia delle mie gambe che avevano iniziato a tremare e minacciavano di non reggermi più.

Che stava succedendo? Perché Sarah non mi aveva detto nulla? Perché Zane si stava comportando in quel modo?

Sarah si slanciò all'indietro e venne accanto a me. Mi afferrò per le braccia e mi scosse. Era agitatissima.

«Cassy, te lo giuro, posso spiegarti...» iniziò, ma io non volevo ascoltarla.

Mi scostai bruscamente da lei.

Tutti erano paralizzati, come racchiusi dentro una statica bolla di sapone pronta a esplodere. E io ero nel centro, con in mano l'ago che l'avrebbe fatta scoppiare.

«Stai lontana da me» sibilai, guadagnandomi un'occhiata di terrore da parte sua. Poi mi voltai verso Zane. «Che significa questa storia?» ringhiai. Per tutta risposta lui fece soltanto spallucce. La cosa mi mandò totalmente in bestia. «Si può sapere che cazzo sta succedendo qui?» urlai, ritrovando la voce che avevo perso lungo la strada dello strazio.

«Cassy, Cassy...» disse Zane, con un sorrisetto malizioso che mi dava i nervi. «Non potevo mica aspettarti per tutta la vita, no? Mi sono guardato attorno e ho trovato... *di meglio*.» Afferrò Sarah per un fianco e se l'attaccò contro il suo corpo, leccandosi le labbra con fare soddisfatto.

Sarah per tutta risposta cercò di liberarsi dalla sua presa, ma inutilmente. «Cassy, te lo giuro, non è come credi» balbettava, ma ormai non ascoltavo più nessuno.

«Fuori da casa mia.» Furono le uniche parole che riuscii a pronunciare.

Volevo tornare indietro nel tempo, così da trovarmi pronta per quella situazione e non essere colta alla sprovvista, facendo la figura dell'idiota. L'aria iniziò a tremolare intorno al mio corpo e le facce dei presenti si fecero allarmate, ma nonostante il mio enorme sforzo non ce la feci. Non ero abbastanza concentrata.

Mi lasciai andare e indicai semplicemente la porta. Sarah fu la prima a uscire, seguita a ruota da Zane, che prima di andarsene ebbe anche la faccia tosta di farmi un occhiolino.

No, non posso lasciarlo andare via così. Mi deve delle spiegazioni. Ora.

D'impeto mi slanciai verso la porta e gli afferrai la manica della maglietta, che si sollevò di qualche centimetro. Ciò che vidi —anzi, che non vidi — mi sconcertò a tal punto che mollai subito la presa. Il tatuaggio, il *nostro* tatuaggio, non c'era più. Lo guardai negli occhi, lui non disse niente e si chiuse la porta alle spalle.

Rimasi ferma sul posto, paralizzata, non riuscivo a capire. Forse avevo visto male?

Derek fu il primo a raggiungermi. Mi cinse le spalle con un braccio e, per la prima volta da che io ricordassi, accanto a lui mi sentii al sicuro.

«Ok, sarà meglio che leviamo le tende» disse Mark e, come se le sue parole fossero legge, tutti, compreso Axel, se ne andarono.

«Tutto ok?» mi chiese Derek dolcemente una volta rimasti da soli, con una punta di preoccupazione.

Proprio in quel momento mi resi conto della nostra vicinanza e mi scostai da lui, imbarazzata.

«Sì, sì. Benissimo» risposi, gettandomi sulla prima sedia che mi capitò a tiro.

«Che è successo?» continuò, impossessandosi della sedia accanto alla mia.

Il suo modo di guardarmi negli occhi mi spiazzò: era come se mi stesse scavando dentro alla ricerca di... qualcosa.

«Ci crederesti, se ti dicessi che non ne ho la più pallida idea?» ridacchiai, scaricando in quel modo la tensione.

«Dalla reazione che hai avuto, direi di sì» ammise. «Io sono stato trascinato qui da lui, quindi anche io ho la mia buona dose di misteri da svelare.»

Alzai gli occhi di scatto verso di lui. «Che intendi dire?»

«Me lo sono ritrovato in casa, e con quello strano cambio di look devo ammettere che mi ha fatto impressione. Non l'ho nemmeno sentito entrare. *Io*. Io non ho sentito entrare qualcuno in casa mia. Io che sono stato addestrato per questo. Io che conosco abbastanza Zane da sapere che non può aver imparato a fare una cosa del genere in così breve tempo. Mi ha detto che avevi un invito per me e così l'ho seguito, anche se non capivo perché tu avessi mandato lui. Conciato in quel modo, poi» raccontò Derek, con le sopracciglia corrucciate. «C'è qualcosa che non mi convince.»

Annuii. «È la mia stessa preoccupazione. Quello non è il mio...» mi schiarii la voce, arrossendo, «non è il vero Zane. È come se fosse la proiezione della parte più oscura di lui. Lo conosco troppo bene, so che una parte profonda di lui, molto profonda e rinchiusa a doppia mandata, è così, ma so anche che non le permetterebbe mai di uscire e prendere il sopravvento. È successo qualcosa.»

«Anche se ora Zane è diventato una sorta di *Black Zane*, non significa che non sia comunque lui. Forse la sua parte più oscura ha preso il sopravvento per qualche ragione, Cassy» disse Derek, sporgendosi verso di me, «so come ci si sente quando la tua anima decide, un bel giorno, di sprofondare negli abissi. Potrebbe ritornare a galla, potrebbe non tornare. Ma non è colpa tua, se è quello che pensi.»

Lo guardai negli occhi e lo sentii vicino come mai prima di quel momento. Derek, al contrario di quanto avessi sempre pensato, riusciva a capirmi; non mi giudicava, e soprattutto, non mi odiava. E quel freddo che scorgevo sempre nel suo sguardo era l'abisso di cui mi aveva parlato. Lui ci era stato ed era tornato, forse non del tutto riemerso, ma ce l'aveva fatta. Qualunque cosa fosse accaduta a Zane, ero certa che avrebbe avuto la forza di reagire, anche se aveva scelto l'aiuto di Sarah e non il mio.

Quel pensiero mi distrusse.

Forse è perché, al contrario di quello che dice Derek, sei davvero tu la causa del suo abisso. Altrimenti non avrebbe mai preferito Sarah, no? La voce maligna nella mia testa era tornata a farsi sentire, più prepotente che mai.

O forse, semplicemente, è giunta l'ora di ammettere a me stessa che non sono io quello di cui ha bisogno.

«Cassy, capisco il tuo conflitto interiore e mi sento di potermi permettere il lusso di darti un consiglio: dagli tempo. E tregua.»

Sospirai e annuii. Aveva ragione. Dovevo lasciarlo in pace, e forse sarebbe tornato come prima, anche se la nostra amicizia sarebbe morta per sempre. In fondo, l'unica cosa che volevo davvero era che fosse felice.

Era arrivata l'ora di crescere.

Derek fece per alzarsi, ma le parole mi uscirono di bocca da sole, senza controllo. «Resta» gli dissi, allungando un braccio verso di lui.

Derek fece un mezzo sorriso, poi annuì e tornò a sedersi. «Per un po'.»

«Perché? Hai altri programmi?» gli chiesi, pentendomi subito della mia sfacciataggine.

«In verità ho *solo* un fratello pazzo da tenere sotto controllo. E poi ho saputo che l'Ordine ha deciso di arruolare un Dominante qui in zona, e non ho ancora scoperto di chi si tratta. E ho paura che...» s'interruppe, distogliendo lo sguardo.

«Che?» lo incitai, avvicinandomi a lui e poggiando una mano sulla sua.

Quel gesto sembrò riscuoterlo da un lungo torpore e il suo sguardo si infiammò. «Ho paura che sia tu.»

«Perché io? Non ho questi grandi poteri.»

«Non lo so, ma non voglio che sia tu. Un Dimidium ha solo due strade da scegliere, se riceve una proposta del genere: accettare o morire. Non voglio che accada nessuna di queste due cose.»

«Non ho ricevuto alcuna proposta, se è quello che vuoi sapere» lo rassicurai, stringendogli la mano.

Quel contatto aveva iniziato a risvegliare in me quell'attrazione sopita e repressa che, solo poche settimane prima, mi aveva dominata. Ritrassi la mano con delicatezza, per non farlo insospettire.

«Perché non ti fai mai sentire?» gli chiesi di getto, abbassando lo sguardo e iniziando a giocherellare con le perle di ametista del bracciale che mi aveva regalato. Lui mi osservò con interesse, poi rispose: «Per proteggerti. Da me. E da Evan, ovviamente. Per poco quel giorno non ti ha scoperta in casa mia. Credo che ti avrebbe uccisa su due piedi, se solo avesse capito che tengo a te.»

Quella rivelazione, o meglio, quelle rivelazioni mi lasciarono a bocca aperta. Perché un fratello dovrebbe voler uccidere qualcuno solo perché stava a cuore all'altro? E poi, davvero Derek teneva a me?

«Non capisco» dissi soltanto.

«È meglio così, credimi. Te l'ho già detto che l'attrazione reciproca che proviamo è qualcosa che non ha spiegazione, almeno non per me. Ma a quanto pare qualcuno la spiegazione ce l'ha, e non penso sia delle migliori. Il diretto interessato è restio a vuotare il sacco. Ma lo scoprirò. Fino a quel momento, cercherò di proteggerti più che posso, e se per farlo devo starti lontano lo farò.»

«Ora però sei qui...» dissi di getto.

Derek sollevò la testa di scatto e mi guardò trattenendo il respiro. Il suo sguardo intenso celava il fuoco, riuscivo a intravederlo.

«Cassandra...» mormorò con un tono che non avevo mai sentito prima di quel momento. Era carico di desiderio, ma anche di rimprovero.

Voleva tenermi lontana da lui, ci stava provando con tutte le sue forze, ma la fitta che mi trapassò il basso ventre, quando fummo così vicini da unire i respiri, non mi lasciò alternative.

Inizialmente fui dominata dalla rabbia che provavo nei confronti di Zane, come se quello che stavo per fare potesse in qualche modo essere una sorta di vendetta nei suoi confronti, ma quando le mie labbra si posarono su quelle di Derek, la rabbia si trasformò in passione; divenne un fuoco crescente di sensazioni contrastanti, e la rabbia si ridusse a un sottofondo. Per lui era la prima volta, ma non per me. Ricordavo il nostro primo bacio e le sue conseguenze, perciò all'improvviso arretrai, ma lui mi sollevò dalla sedia afferrandomi in vita, ed entrambi ci alzammo in piedi. Mi trattenne, rendendo il bacio sempre più profondo e le mani sempre più desiderose, e il pensiero di Zane e delle conseguenze del nostro primo bacio divennero un lontano ricordo. C'eravamo io e Derek, e tutta quella passione trattenuta a lungo. Era fame, era la sensazione che fosse tutto erroneamente perfetto. Ogni tanto il mio cervello sovrapponeva l'immagine di Derek a quella di Zane, il ricordo di quella notte passata sul pontile per un istante fu vivido, ma le movenze diverse di Derek, più esperte, mature, lo sovrastarono.

Volevo davvero andare fino in fondo con lui oppure cercavo solo vendetta?

Il modo automatico con cui ogni parte del mio corpo rispondeva ai suoi gesti, come due poli opposti di una calamita, mi suggerì che non era la mia testa a dominare quella situazione. Era solo un problema del mio cervello, non del mio corpo. Il mio corpo sapeva bene ciò che desiderava.

«Non... posso» balbettò Derek, spingendomi lontano da sé. Aveva il fiatone e gli occhi brillanti, di una tonalità tendente al rosso.

Sbattei le palpebre più volte, ma le sue iridi erano tornate normali. Per l'ennesima volta in quel giorno pensai di essermi immaginata tutto.

«Che succede?» gli chiesi, ancora scossa.

«Non posso farlo. Il mio corpo è... in contrasto. Evan sa qualcosa, devo scoprirlo. Non voglio farti del male.»

«Ma tu non mi faresti mai del male» lo rassicurai, avvicinandomi nuovamente a lui, che fece un passo indietro.

«Cassandra, non senti anche tu che c'è qualcosa di sbagliato in...» indicò se stesso, poi me.

Aveva ragione: lo percepivo anch'io, ma non mi interessava. E poi, cosa c'entrava suo fratello?

«Cosa sa Evan?»

«Pur non avendoci mai visti insieme, ha fatto allusioni. Sa qualcosa, ha qualche spiegazione, ma non vuole dirmi nulla. Finché non risolvo questa situazione, è meglio non...»

«Ho capito» lo anticipai.

Provavo sempre un leggero timore nei suoi confronti. Quando però i nostri corpi si erano incontrati, avvolti dalla passione, il timore si era trasformato in paura.

Paura che non aveva fatto altro che alimentare l'attrazione. Lui non aveva paura di me, come io di lui; mi aveva dato la sensazione di essere terrorizzato solo da se stesso.

Mi prese una mano tra le sue, combattendo contro il suo istinto di fuga. «Ti prometto che scoprirò di cosa si tratta» mi disse.

Rimase per un istante a guardarmi negli occhi, poi uscì.

Derek non sapeva della mia vera identità, io non gli avevo detto nulla. Ma Evan sapeva: era stato grazie a lui se era stata svelata. Quanta probabilità c'era che non avesse detto tutto anche al fratello?

Un pensiero si fece largo nel mio cervello: e se il fatto di essere figlia di Lilith fosse collegato a quelle ingestibili emozioni che prendevano il sopravvento su di noi ogni qualvolta ci incontrassimo?

Lui era un Terminatore e io la figlia di Lilith. Il suo istinto poteva attrarlo verso di me allo scopo di farmi del male...

Per la seconda volta in una sola sera, la delusione mi sotterrò.

Derek

Mi chiusi la porta d'ingresso di casa di Cassandra alle spalle e mi ci appoggiai sopra con tutto il peso. Inconsciamente, durante gli ultimi istanti con Cassy, la mia mano era scivolata nella tasca dei pantaloni e aveva afferrato Instinct, la mia pietra Streamer. L'avevo stretta talmente forte che avevo iniziato a sanguinare senza neppure accorgermene. Ero uscito da quella porta appena in tempo, prima che la pietra assumesse la sua forma preferita da combattimento: una spada romana piatta, con la parte centrale più stretta e la punta affilata. Come ogni arma Streamer, era fatta completamente di luce, e nasconderla al buio era impossibile. Per questo pregai che nessuno fosse nei paraggi, e soprattutto che Cassy non varcasse quella porta e mi vedesse lì, distrutto, con in mano l'arma con la quale tutto il mio essere bramava ardentemente di trapassarle il cuore.

Feci parecchi respiri profondi, cercando di scacciare quel terribile pensiero dalla mente, il desiderio di mettere per sempre fine alla sua vita e cancellare la sua esistenza da Dimidium.

CAPITOLO 4

Lilith

E ravamo appena arrivati sulle coste della California, il posto in cui Agrat era andata a consegnare sua figlia ai Cohen, per poi venire a Redwater a prendere nostro figlio Axel. Agrat era sempre stata la Generatrice con la quale avevo più confidenza e con cui mi sentivo più affine; sapere che era stata catturata da Lucifero mi aveva messa in allarme, e avevo sperato di trovare qualche sua traccia nel posto in cui era stata costretta a lasciare sua figlia.

Era ormai da qualche giorno che non sentivamo i nostri bambini, ma sapevo che dovevamo resistere alla tentazione per esporli il meno possibile al pericolo della nostra vicinanza. Fintanto che Axel non avesse manifestato i poteri sarebbero stati al sicuro, ma era meglio non rischiare.

Eppure sentivo che stava accadendo qualcosa di brutto. Il pensiero dei nostri figli da soli, alle prese con un mondo per loro del tutto nuovo e sconosciuto, con nemici e situazioni paradossali, mi lacerava il cuore. Non avremmo resistito ancora per molto lontano da loro.

Samael mi venne accanto e mi strinse dolcemente al suo fianco.

«Stai tranquilla, Lil, vedrai che i nostri figli staranno bene. Sono forti e sono potenti, resisteranno fino al nostro ritorno. Non dobbiamo arrenderci, dobbiamo farlo per loro, per dargli una possibilità di uscire illesi da questa situazione. Non possiamo permetterci di perderli, soprattutto non possiamo permetterci di fare in modo che quel bastardo di Lucifero e la Volta Angelica si intromettano di nuovo nelle nostre vite. Non ora che abbiamo trovato il nostro equilibrio.»

«Non parlare di lui così» lo rimproverai. «Chiunque sia diventato non è il Lucifero che conoscevo.»

Samael si scostò da me e mi guardò con disappunto. «Dopo tutti questi anni, e dopo quello che ti ha fatto, ancora ti ostini a difenderlo.»

«Rimettiamoci al lavoro, per favore. Voglio solo poter tornare presto dai nostri figli» lo pregai.

Lucifero mi aveva deluso; avevo creduto davvero nel nostro amore e sapevo che in fondo non era colpa sua, tutto quello che era successo come conseguenza, ma intanto aveva fatto sì che le mie figlie subissero atrocità, e quello non l'avrei mai perdonato. Sapere che si era messo addirittura a rapire le altre Generatrici mi aveva shioc-cata, ma era come se sentissi che in fondo le cose non stavano esattamente come apparivano, anche se mio marito continuava a ripetere che era solo una scusa per giustificarlo.

Era convinto che ancora provassi qualcosa per lui, che era stato il primo che avevo mai amato in tutta la mia vita, e perciò era geloso e protettivo nei miei confronti.

Quello che non aveva ancora capito, dopo centinaia di anni, era che nella vita esistono due tipi di amore: quello irrazionale, assoluto, irraggiungibile, potente, soffocante, asfissiante, ossessivo e distruttivo. E poi, quello vero.

***

Non avrei mai smesso di amare Lucifero, ma sapevo bene chi volevo accanto, sapevo bene chi fosse e sarebbe sempre stato la mia felicità e la mia pace: Samael.

Un amore impossibile non può mai davvero finire, può solo trasformarsi in qualcosa da relegare in fondo al cuore, nei meandri più bui, con la certezza che ci sarà sempre, e non si muoverà da lì. E qualche volta tornerà a galla per infliggerti una pugnalata al cuore; ti sveglierà nel cuore della notte con le lacrime agli occhi dopo aver fatto un sogno talmente bello e struggente da desiderare che quella persona sia davvero accanto a te, al posto dell'altra che hai scelto. Ma basterà guardare in faccia proprio la persona che hai scelto per renderti conto che è stata, in effetti, la scelta migliore.

Perché il vero amore non è sofferenza, e avrei scelto Samael altre mille volte, malgrado il ricordo di Lucifero sarebbe rimasto per sempre impresso nella mia anima.

**

Samael, come al solito, capì perfettamente il mio malessere interiore e mi fece tornare alla realtà.

«Iniziamo dalla vecchia casa dei Cohen?» propose, accarezzandomi la testa.

«Da Mahalath e Namaah non abbiamo ancora ricevuto notizie, non rispondono alla Convocazione» gli dissi abbattuta.

«Vedrai che risponderanno, saranno spaventate quanto noi e si saranno nascoste dopo aver saputo di Agrat.»

Ci avviammo verso la vecchia dimora dei Cohen, in un'assolata zona invasa dalle palme a ridosso della spiaggia. Quando arrivammo, però, lo scenario che ci trovammo davanti ci fece rabbrividire. La casa era quasi del tutto caduta a pezzi, come se fosse stata colpita da un uragano devastante. Eppure le gente passeggiava con noncuranza, ignorando la villetta diroccata. Tutti, tranne una ragazzina sui nove o dieci anni, che fissava imbambolata la casa leccando un grosso cono gelato.

Ci avvicinammo con cautela per paura di spaventarla, ma la ragazzina senza neppure voltarsi, parlò.

«Siete arrivati, finalmente. Era da tempo che vi aspettavo.»

«Dici a noi?» le chiese Samael, fermandosi a pochi passi da lei.

La ragazzina aveva lunghi capelli castano scuro, che le sfioravano con delicatezza la schiena, e un'aria vagamente famigliare, ma non ricordavo dove potevo averla vista. Si capiva che era piccola solo per le fattezze minute del suo corpo e per il modo in cui dondolava i piedi. Scavai tra i miei ricordi, certa di trovare qualcosa che potesse far luce sulla sua identità, ma non trovai nulla, almeno finché non si girò a guardarci.

I suoi occhi, azzurri come il più limpido dei cieli estivi, si fissarono nei miei, e i capelli le ondeggiarono intorno al viso da bambina non sbocciata, addolcendone i lineamenti.

Samael fece un passo indietro, trascinandomi dietro di lui.

«Non vi farò del male, state tranquilli. Sono solo di passaggio su questa terra. Non è il mio posto, ma volevo aiutare, e così ho deciso di fare. Mi mancava il gelato...» disse la bambina, rimanendo ferma sul posto con aria innocente.

«Non puoi essere *viva*» le dissi, cercando di non essere troppo cruda, ma la voce mi uscì strozzata anche se lei non ci fece caso.

«E non lo sono, infatti» ammise, quasi serafica, continuando a leccare il suo gelato. «Sono qui solo per aiutare» ripeté con convinzione.

«Perché tu?» le chiese Samael, ancora diffidente.

La ragazzina fece spallucce e il gelato le cadde di mano. Lo guardò sconsolata, con una smorfia piuttosto infantile sul viso, e per un momento temetti che potesse mettersi a piangere. Ma poi sollevò la testa con determinazione e fece un passo in avanti, scavalcando il cadavere del suo pasto ormai perduto.

«Perché io voglio aiutare» disse di nuovo, allungando una mano verso di me. «Vieni, all'interno c'è una cosa per te. Sono stata incaricata di fartela recapitare a tutti i costi. Sono contenta che tu sia qui, Lilith.»

A sentire il mio vero nome uscire dalle sua labbra, entrambi trasalimmo. Lei poteva vedere i nostri veri volti; non poteva essere umana, poteva essere soltanto una cosa...

«Tu sei... un Angelo?» sussurrai, avvicinandomi a lei con cautela. «Chi ti manda?»

La bambina piegò la testa di lato con curiosità. «Non è importante cosa sono o chi mi abbia mandato, l'importante è che tu riceva il messaggio che si trova all'interno di quella casa. Andiamo?» Si slanciò verso di me e mi prese per mano con un'innocenza che mi spiazzò.

L'energia che mi investì fu potente, pari solo a quella di un vero Angelo. Non c'erano dubbi che lo fosse, ma non capivo perché *lei*...

Ci incamminammo tutti e tre verso la casa disabitata, e lei spalancò la porta con la forza del pensiero per permetterci di entrare. Varcammo la soglia, oltre la quale tutto sembrava immerso in un'assoluta staticità, quella che si viene a creare solo dopo una catastrofe. Era tutto bruciato: i mobili, le pareti, i soffitti.

«State tranquilli» ci rassicurò la ragazzina, «dentro quella lettera troverete tutte le spiegazioni» aggiunse, indicando l'unica cosa perfettamente bianca e pulita di tutta la casa, posizionata con cura sul tavolo mezzo carbonizzato. «Forza, aprila» mi incoraggiò, lasciandomi la mano e posizionandosi a pochi passi da me, come se volesse gustarsi la scena dalla migliore angolazione possibile.

Mi accorsi che il suo corpo, lì nel buio di quella cucina distrutta, emanava una delicata luce bianca, che si irradiava per un raggio di qualche metro attorno a lei. L'ennesima prova della sua essenza angelica.

Afferrai la busta candida chiusa da un sigillo in ceralacca rossa.

Era il simbolo di Lucifero.

Sollevai lo sguardo verso la ragazzina, che mi invitò con la mano ad aprire la lettera. Sul retro della busta c'era scritto solo, a caratteri eleganti, il mio nome.

Quello vero.

Con mani tremanti ruppi il sigillo e la busta si sgretolò e divenne cenere, rivelando il suo contenuto: una lettera scritta dalla mano di Lucifero.

«Lo sai perché questa casa è andata a fuoco?» disse a un tratto la bambina. «Perché è quello che succede se qualcun altro prova ad aprire la busta. Non avevo dubbi, ma ora ho la prova che sei davvero tu, Lilith. Coraggio, leggila.»

Avevo tante domande che mi passavano per la testa, e Samael senza dubbio era nelle mie stesse condizioni, ma quella lettera sembrava importante e urgente, forse un punto di svolta.

Presi un grosso respiro e iniziai a leggere.

CAPITOLO 5

Cassy

Vagavo per casa senza una meta, ancora scossa per ciò che era quasi successo con Derek e dal comportamento di Zane. La presenza di Derek mi aveva per un momento distratta, ma da quando se n'era andato, la mia testa era tornata a Zane.

Anche Sarah mi doveva delle spiegazioni al più presto, non me lo sarei mai aspettata da lei. Credevo fosse sincera, che fossimo amiche. Che mi avrebbe detto tutto, specialmente riguardo al mio migliore amico.

Un bussare sommesso alla porta interruppe il corso dei miei pensieri e perplessa mi avviai ad aprire. In cuor mio pregai affinché fosse Zane, venuto a chiarire e a dirmi che c'era stato un disguido; lui e Sarah non stavano *davvero* insieme. Ed effettivamente *era* Zane, o meglio *Black Zane*, ma chiarire non era affatto nelle sue intenzioni.

Appena aprii la porta mi si fiondò addosso, bloccandomi contro la parete con un solo braccio a premere sulla mia gola . Strabuzzai gli occhi per la sorpresa e lo sconcerto, lui sorrise malignamente.

«Eccoti qui, Cassandra» mi disse, soffiando come un gatto contro il mio viso. «Avevo intenzione di reggere di più il gioco, e magari nel frattempo divertirmi un po' con la tua amica, ma purtroppo allungare l'attesa non ha fatto altro che aumentare il desiderio. Mi dispiace, ma tu ora vieni con me.»

Afferrai la sua camicia nera con entrambe le mani e tentai di spingerlo lontano, ma senza riuscirci. Cercai allora di fargli del male in qualche modo, graffiandolo; la camicia si strappò sul davanti rivelando un'orrenda cicatrice proprio al centro del petto. Sgranai gli occhi.

«A proposito: credo che ormai tu abbia capito che io non sono la versione di Zane che adori.» Si guardò la cicatrice con un sorriso sadico. «Ti ricorda forse qualcosa?» aggiunse, indicandola, poi mi liberò dalla sua stretta e fece per afferrarmi.

In quella frazione di secondo, in cui non capii nulla di quello che stava accadendo, vidi tutto a rallentatore. Cercai con lo sguardo un modo per sfuggirgli, ma non c'era. Ero in trappola.

Il mio potere fece tutto da sé: un'ondata di energia esplose dal mio corpo e ogni cosa si immobilizzò in un istante. Black Zane muoveva gli occhi, e lo sforzo per mantenere attivo il blocco temporale fu molto più pesante dei miei tentativi durante l'allenamento. Stava opponendo resistenza e io non potevo reggere per molto. Dovevo fare qualcosa.

Axel non era in casa. L'abitazione più vicina era quella di Sarah. Dovevo correre da lei, ce la dovevo fare, e lasciarle un messaggio. Poi purtroppo, sarei dovuta tornare al mio posto, lasciando che le azioni facessero il proprio corso; era la mia unica speranza di sopravvivere. Se non ce l'avessi fatta e mi fossi trovata in un posto sbagliato, sarei stata prosciugata di tutta l'energia per lo spostamento. Non avevo ancora fatto abbastanza pratica per quello.

Con uno sforzo immane, seguita dal suo sguardo, mi allontanai da Black Zane, afferrai un pezzo di carta e scrissi un biglietto per Sarah; poi corsi da lei, con le gambe che già tremavano. Temetti di non farcela. Le lasciai il foglietto sul comodino, stava già dormendo, e tornai al mio posto. Pregai perché lo prendesse sul serio e chiusi gli occhi.

Il tempo si riavviò e io caddi a terra priva di coscienza.

Sarah

Mi giravo e rigiravo nel letto in cerca di una posizione comoda, ma invano. Zane mi aveva lasciata lì, dicendo che aveva di meglio da fare che stare tutta la notte con me, proprio dopo che avevamo fatto quello che io avevo creduto fosse amore. Non era stato come lo avevo immaginato, non era stato dolce né romantico. Era stato violento, sgarbato, sbrigativo, senza un briciolo di coinvolgimento emotivo. Mi sentivo sporca e stupida, perché fino all'ultimo avevo sperato che davvero potesse innamorarsi di me, malgrado la sua aurea parlasse ben chiaro. Pensavo che quel suo cambiamento stesse a significare che finalmente aveva deciso di voltare pagina e lasciare i suoi sentimenti storici per Cassy alle spalle.

Ero stata solo un'illusa.

Quel suo cambiamento era *dovuto* ai suoi sentimenti per lei, e niente avrebbe cambiato le cose. Io ero uno sfogo, lo aveva detto chiaramente mentre si stava rivestendo, e avrei dovuto accettarlo, altrimenti potevo andarmene al diavolo. E io avevo pensato che potessimo iniziare così e che, poco a poco, le cose sarebbero cambiate, per noi. Avevo dato il mio consenso a quel tipo di relazione, che quella sera era arrivata al culmine. Me n'ero pentita subito dopo, perché avevo capito che niente sarebbe mai cambiato, nemmeno in futuro. Lo diceva il suo sguardo, lo dicevano i suoi gesti.

Per lui non ero nulla e mai lo sarei stata.

Le lacrime bagnavano il cuscino e mi asciugai il viso con il lenzuolo, che si macchiò di matita nera e mascara.

«Ah, maledizione!» imprecai, spostando bruscamente il lenzuolo e girandomi verso il comodino.

Colsi un lampo bianco così veloce che fui certa di essermelo immaginato. Ma un momento prima sul mio comodino c'era soltanto il cellulare, un momento dopo era apparso un biglietto spiegazzato. La delusione mi stava di certo giocando brutti scherzi, ma quando riguardai meglio, sollevando la testa dal cucino, il biglietto era ancora lì.

Mi sollevai dal materasso e afferrai il pezzo di carta.

ZANE NON È ZANE.

È VENUTO A PRENDERMI.

BLACK ZANE.

Dovetti rileggere più e più volte per dare un senso a quelle frasi. Lì per lì pensai a uno scherzo, ma quel biglietto era intriso di paura e urgenza, non poteva esserlo.

Saltai giù dal letto e mi vestii alla rinfusa. Il biglietto diceva che *Zane non era Zane*. Che diavolo voleva dire? E chi l'aveva scritto?

Il primo istinto che ebbi fu quello di recarmi a casa di Zane e cercarlo, ma quando arrivai davanti casa sua notai la porta socchiusa. Non era normale. Le diedi una spinta incerta e lo spettacolo che mi si parò davanti mi sconcertò: tutta la casa era a soqquadro e c'era del sangue ovunque. L'ambiente era impregnato di paura, ma anche di coraggio e determinazione: quella era la traccia del vero Zane.

Ora che ero dentro casa riuscivo a decifrare il senso dell'aura sbagliata che avevo percepito in quello che nel biglietto era stato chiamato *Black Zane*. Era come se, allo stesso tempo, fosse e non fosse Zane. E infatti le due scie erano simili, ma non identiche. Quella di Black Zane era satura di odio.

Seguii le tracce fino alla cucina, in cui trovai un'enorme sagoma umana tracciata dal sangue sul pavimento. Il mio cuore martellava senza sosta nel petto e iniziai a tremare. Rischiai di andare in iperventilazione e mi dovetti appoggiare al lavello per non cadere. Tirai fuori il cellulare dalla tasca dei jeans, con l'intento di chiamare la polizia, ma non appena composto il numero mi bloccai; quella senza dubbio non era una vicenda da sbandierare a tutto il mondo. Né Cassy né Zane avrebbero voluto che si sapesse e che venissero coinvolte le forze dell'ordine, o peggio, i Nephilim e l'Ordine dei Blazes.

Cassy...

Era lei a essere in pericolo. Il biglietto emanava tracce della sua scia.

Dovevamo risolvere la situazione per conto nostro, e l'unica persona che mi venne in mente in quel momento fu Melissa.

Utilizzai il mio potere per calmarmi e fare mente locale: setacciai tutto il resto dell'abitazione in cerca di qualsiasi indizio potesse aiutarci a localizzare Cassy e Zane, perché sapevo che in qualche modo entrambi erano stati a contatto con la stessa persona, ossia l'alter ego oscuro di Zane. Forse a casa di Cassy avrei trovato la conferma.

Lasciai casa di Zane e corsi dai Corebet, dove trovai un disperato Axel e una confusa Melissa, intenti a girovagare per tutta casa.

Varcai la soglia senza preoccuparmi di bussare e mi precipitai all'interno.

«Avete trovato qualcosa?»

Axel e Melissa si girarono verso di me. Fu Axel a parlare per primo.

«E tu da dove sbuchi?»

«Sai qualcosa che noi non sappiamo?» intervenne Melissa, con gli occhi ridotti a due fessure.

Mi resi conto che nessuno di loro due aveva la minima idea di cosa fosse successo, al contrario di me, che avevo ricevuto quel dannato bigliettino nel cuore della notte.

Estrassi il bigliettino dalla tasca dei pantaloni e lo passai ad Axel, che lo lesse e rilesse più volte, per poi guardarmi confuso.

«Che cazzo significa?» imprecò, facendo saltare in aria Melissa, che si era avvicinata per dare un'occhiata a ciò che c'era scritto.

«Che, come avevo immaginato, quello che gironzola tra noi da un paio di giorni non è lo stesso Zane che conosciamo» rispose Melissa, con uno strano sguardo da *te lo avevo detto* rivolto ad Axel.

Axel si portò le mani ai capelli e rilesse un altro paio di volte il biglietto. «Dove cazzo è mia sorella? Se quel bastardo le ha fatto qualcosa lo uccido con le mie stesse mani! Altro che amore e amore...»

«Axel, quello non è Zane. Non so cosa sia, ma non è Zane» dissi per calmarlo, ma ottenni l'effetto contrario.

«NON ME NE FREGA UN CAZZO DI CHI SIA O NON SIA, FARÒ A PEZZI CHIUNQUE LE TORCA UN SOLO FOTTUTO CAPELLO! » Axel afferrò la prima cosa che gli capitò a tiro, una tazza di latte e caffè abbandonata sul tavolo in soggiorno, e la scagliò contro il muro. La tazza si infranse, spargendo detriti e macchiando ovunque. «Non deve accaderle nulla, non ora che l'ho ritrovata...» aggiunse, con voce rotta, per poi accasciarsi su una sedia con le mani tra i capelli.

Melissa gli si avvicinò dolcemente, in un modo che non mi sarei mai aspettata da lei, e gli accarezzò la testa.

«Starà bene. Faremo di tutto per trovarla e portarla a casa sana e salva. Te lo prometto.»

La sua aura cambiò colore, virando dal suo solito nero-bluastro a un colore che, in quel momento, c'entrava ben poco con la situazione: divenne giallo-arancio:

il senso di colpa. Che c'entrasse qualcosa con ciò che era accaduto a Cassy e Zane? Dal suo viso, però, non traspariva alcun'emozione, se non l'apprensione per Axel e il suo stato d'animo. Tentai di scrutare più in profondità le sue emozioni, mettendoci più discrezione possibile, ma come immaginavo Melissa se ne accorse e mi fulminò con gli occhi.

Distolsi lo sguardo terrorizzata e sperai che la questione finisse lì. Per fortuna fu così.

«Ci serve tutto l'aiuto possibile» disse all'improvviso Melissa, cogliendoci di sorpresa. «Dobbiamo chiamare Mark e Jennifer. E forse anche...»

«Derek» azzardai.

Melissa fece una smorfia poco convinta. «Coinvolgerlo significherà coinvolgere i Nephilim, e soprattutto suo fratello.»

Fu davvero fuori luogo, ma il mio pensiero volò a Evan, e la mia faccia divenne bordeaux. Cassy mi aveva raccontato della parentela tra Melissa e Derek, era ovvio quindi che lei sapesse anche del fratello. Di sicuro lo aveva già raccontato ad Axel, che infatti non fece una piega alle sue parole.

Axel si alzò in piedi così velocemente che la sedia cadde all'indietro. «Non mi interessa chi viene coinvolto, ci servono tutti.»

In un batter d'occhio, Melissa sparì nel nulla, e con lei il biglietto di Cassy.

Melissa

Arrivai a Rocce Grigie in una frazione di secondo. Avevo bisogno di riflettere, di capire come agire, e avevo anche il sentore che Sarah avesse qualche sospetto su di me. Aveva cercato di leggere le mie emozioni e me n'ero accorta. Ovviamente.

Non l'avrei mai lasciata entrare dentro la mia testa. L'unica cosa a cui riuscivo a pensare in quel momento era il mio piano; senza Cassy sarebbe naufragato.

Quel maledetto Zane oscuro era spuntato fuori da chissà dove, chissà per quale motivo, e stava rovinando tutto ciò che avevo costruito da anni a quella parte. Cassy mi serviva da esca, o non avrei trovato mai più mia nonna, e ora era sparita; magari anche morta.

Poi c'era Axel e i miei dannati sentimenti per lui, che mi impedivano di lavorare al mio piano con totale freddezza. E l'unica cosa che non mi perdonavo.

Più volte avevo provato ad allontanarmi, ma non c'ero mai riuscita. Axel era diventato il centro del mio ristretto universo, non potevo ignorare i suoi sentimenti e la sua volontà.

E la sua volontà era che sua sorella fosse e rimanesse sana e salva. Non mi avrebbe mai perdonata, se avesse scoperto ciò che avevo pianificato per evitare a lui il ruolo di esca.

Ero ancora in tempo per stravolgere i piani, anche se ciò significava che l'accordo con Halessiel sarebbe saltato e avrei perso mia nonna per sempre.

Non volevo pensarci, avrei trovato una soluzione, con o senza Cassy. Dopotutto era la cosa in cui ero più brava, trovare soluzioni a ciò che sembrava impossibile. Mi serviva solo un modo per ingannare Halessiel in persona.

Facile.

A dirsi.

Mi incamminai verso casa di Jennifer e Mark, situata proprio a pochi passi dalla mia. Di sicuro si sarebbero presi un colpo vedendomi piombare là a quell'ora del mattino, ma che altra scelta avevo? Io e i telefoni non andavamo d'accordo per niente, e poi sarebbe stato più facile spiegare di persona il macello in cui anche lei si sarebbe trovata, senza Cassy come esca.

Di sicuro sarebbe stata felice da una parte, visto e considerato che si trattava pur sempre della sua ex migliore amica, a cui voleva ancora bene. Meno felice per la madre, le cui possibilità di riaverla sana e salva si sarebbero quasi azzerate. Halessiel era un sadico, le avrebbe uccise per dispetto, anche senza averne bisogno, solo per non aver rispettato i nostri accordi.

Ma chi poteva darci la certezza che lui stesso li avrebbe rispettati? Sì, gli Angeli sono vincolati alla parola data, ma lui poteva davvero essere definito tale? Era diventato un Angelo per merito, non era nato così.

Quando giunsi davanti casa della coppietta, trovai Mark già sull'uscio, come se mi stesse aspettando. Non me ne meravigliai. Mark poteva fare tante cose, troppe, incontrollabili e terribili, ma anche utili. E le premonizioni erano tra queste.

«Ho sognato» esordì, quando mi avvicinai a lui. «Jennifer ancora non sa» continuò, gettando un occhio verso l'interno della spoglia dimora in cui abitavano da quasi un anno.

Annuii. Mark sapeva già tutto, forse anche qualcosa di più di quello di cui eravamo a conoscenza.

«Zane e Cassy sono stati rapiti da uno Zane oscuro, quello che Cassy chiama Black Zane. Lui è quello che...» Esitò. «Lui è quello che è stato ucciso da Derek.»

Strinsi gli occhi. «Che cosa intendi?»

«Quello che ho detto.»

Sapevo che non era il momento di fargli ulteriori domande, Mark poteva reagire male quando non era in vena.

«Avvisa Jennifer» dissi soltanto, «intanto io vado a chiamare Derek.»

«No» mi bloccò, afferrandomi per un braccio, «non dire niente al Nephilim, per ora.»

«Allora torniamo da Axel e cerchiamo di capirci qualcosa di più.»

Quando più tardi ci trovammo di nuovo a casa di Axel, il sole era già sorto da un pezzo. Quella mattinata così serena faceva a pugni con la situazione che stavamo vivendo, e con i miei sensi di colpa, che la vicinanza con

Axel non faceva altro che accentuare. Dovevo confessargli tutto o non sarei riuscita più a guardarlo in faccia. In fondo era colpa mia se ci trovavamo in quella situazione, se non avessi coinvolto Cassy con la storia dei Dimidium e dei poteri, forse non le sarebbe successo nulla di male; e io avrei trovato un altro modo per salvare mia nonna.

E non avrei mai incontrato Axel.

Ero combattuta, ero sempre stata troppo forte per interessarmi a cose futili come il senso di colpa o del dovere, ma da quando avevo conosciuto Axel sembrava che la mia anima fosse stata invasa da nuove sconosciute sensazioni ed emozioni. A volte erano moleste, indesiderate, ma non avrei mai potuto estirparle.

Sapere che Evan era in città non mi facilitava le cose. Evan non c'era mai stato in casa, quando mi ero trasferita dai Dieuchasse per quel breve lasso di tempo della mia vita; e le poche volte che l'avevo visto, aveva sempre tentato di farmi fuori nei peggiori modi possibili.

Era stato colpa sua se sua mamma quel giorno non era sopravvissuta. Si era messa in mezzo per proteggermi, e proprio in quel momento, i miei poteri si erano manifestati per la prima volta, ferendo lui e uccidendo lei.

Solo che quello Derek non l'aveva mai saputo.

CAPITOLO 6

Cassy

La prima cosa che avvertii quando ripresi conoscenza fu il duro e ghiacciato pavimento contro la mia guancia, poi arrivò il mal di testa.

Aprii lentamente gli occhi, battendo più volte le palpebre e cercando di mettere a fuoco la vista.

Ero da sola, al buio; l'unica fioca luce era quella della luna, che filtrava dalle grandi vetrate di un'aula. Senza dubbio una di quelle del Siel Haless.

Intorno a me non c'era traccia né di Zane né di nessun altro.

Mi alzai dal pavimento a fatica, barcollante, esausta per lo sforzo di mantenere il tempo bloccato con Black Zane, che opponeva strenua resistenza. Mi guardai intorno e capii che non era lo stesso Siel Haless che avevo lasciato prima delle vacanze natalizie. C'era un'aria sinistra, e strani fruscii interrompevano il silenzio tombale di tanto in tanto.

Un brivido mi risalì lento lungo la spina dorsale.

I miei passi rimbombavano come se a camminare fossero venti piedi, e pian piano notai sempre più particolari inquietanti.

Le vetrine dei trofei erano rotte e impolverate, gli angoli dei muri pieni di ragnatele, nelle aule i banchi e le sedie erano rovesciati o accatastati in un angolo, e alcuni vetroni delle finestre erano incrinati o in frantumi, sparpagliati su tutto il pavimento.

Era come se la scuola fosse abbandonata da anni.

Una voce alle mie spalle mi colse alla sprovvista e qualcosa di pesante mi colpì con forza sulla testa.

Prima di perdere di nuovo coscienza, riuscii a sentire la voce di Black Zane.

«Benvenuta nella mia umile dimora, piccola Cassy. Benvenuta nella tua nuova casa.»

Due grandi occhi azzurri come il mare mi fissavano terrorizzati, carichi di speranza. Una bocca muta invocava il mio aiuto. Il rumore delle catene sovrastava il silenzio, creando una sinfonia terrificante.

Cercavo di avvicinarmi a quegli occhi, di cogliere il loro messaggio, di capire il significato di quella parola ripetuta dalla bocca muta.

L'odore del sangue rappreso invadeva le mie narici. Soffocavo i conati di disgusto tra lacrime al sapore di sale. Sentivo le gambe muoversi tra le aule, ma non i miei passi, e l'unica cosa che riuscivo a vedere erano quegli occhi così familiari.

Dovevano essere passate almeno un paio d'ore quando rinvenni. Avevo la vista annebbiata ed ero senza forze. Ero seduta a terra, con la schiena appoggiata alla gamba di una cattedra e le mani dietro, bloccate da una catena.

La testa mi pulsava dolorosamente, e il mio primo pensiero fu rivolto ai miei genitori. Chissà quanto si sarebbero preoccupati. Di sicuro Axel avrebbe riferito loro tutto non appena si fossero fatti sentire, e sarebbero corsi a salvarmi.

Però non potevo aspettarli con le mani in mano, nel frattempo dovevo fare qualcosa. Studiare l'ambiente, elaborare un piano.

«Ben svegliata, bella addormentata.»

Black Zane era seduto proprio di fronte a me, su una sedia arraffata da un banco a caso, con le gambe incrociate.

Sollevai la testa per rispondere, ma mi accorsi di avere un pezzo di nastro adesivo sulla bocca. Lo fulminai con lo sguardo.

«Di solito non sei così combattiva, quasi quasi mi piaci ancora di più.»

Mi si avvicinò, si inchinò davanti a me e mi strappò con forza il nastro adesivo dalla bocca. Non gli diedi la soddisfazione di manifestare dolore, e lui sembrò accorgersene. Sorrise compiaciuto e mi accarezzò la guancia arrossata con il pollice.

«Stai crescendo, piccola Cassy. Solo qualche mese fa ti lamentavi per ogni minima cosa. Però non esagerare, o dovrò essere severo con te» aggiunse, a un soffio dalle mie labbra.

Fu in quel momento che mi venne un'illuminazione: in un libro avevo letto di una ragazza che era stata rapita e tenuta sequestrata per anni, finché aveva capito che la strategia per salvarsi era quella di instaurare un rapporto di fiducia con il suo aguzzino. Doveva compiacerlo, fingere accondiscendenza, portarlo a fidarsi completamente di lei.

Dovevo farlo a piccoli passi, o si sarebbe insospettito. Se Zane aveva letto quel libro, lo aveva fatto anche Black Zane.

La pazienza non era di certo una mia virtù, come il sangue freddo, ma dovevo farcela o non avrei avuto speranza.

Decisi di mostrare ancora riluttanza verso di lui, ma anche di sfidarlo. Dovevo capire fin dove potevo spingermi prima di mettere in atto il mio piano. Mi sporsi avanti con la testa e gli andai più vicino; non mi tirai indietro, e per un istante il suo sguardo vacillò.

Bingo.

«Cosa vuoi da me?» gli chiesi, senza mezzi termini.

Esitò, ma solo per una frazione di secondo, poi si rialzò e andò verso la porta.

«Presto lo scoprirai.»

Chiuse la porta e mi lasciò da sola. Sentii le sue possenti falcate farsi sempre più lontane e riconobbi il portone di ingresso sbattere con violenza. Era la mia occasione per studiare l'ambiente.

Non c'era modo di rompere quelle catene, né di sollevare la cattedra per farle scivolare sotto, dato che era inchiodata al pavimento. Le gambe le avevo libere, ma nel mio raggio d'azione c'era ben poco che potesse tornarmi utile. Mi stavo quasi per rassegnare, quando mi accorsi che le due estremità della catena erano unite da un lucchetto. Se solo avessi trovato qualcosa di appuntito...

Un luccichio colse la mia attenzione, a circa un metro dal mio piede destro. Una graffetta.

Il cuore accelerò e per calmarmi feci parecchi respiri profondi. Se solo avessi sbagliato, avrei potuto spingere la graffetta più lontano, non avevo un'altra possibilità.

Allungai la gamba il più possibile, ma nonostante tutto non riuscii a raggiungerla. Il sudore iniziò a gocciolare copiosamente dalla mia fronte e da ogni angolo del mio corpo. Mi allungai ancora, fino al limite che le mie spalle riuscivano a concedermi, ma mancava ancora qualche centimetro.

Guardai la sedia sulla quale era seduto Black Zane. Era messa in diagonale, tentai e riuscii a passare un piede intorno a una delle gambe. La graffetta era vicina a quella di dietro, dovevo solo tirare la sedia un po' più avanti e intercettarla.

Con non poca fatica, posizionai la gamba della sedia proprio dietro la graffetta e, tirando poco alla volta, la portai a una distanza che mi permise di avvicinarla al mio piede.

Arrivò la parte più difficile: farla giungere alle mie mani. Ripresi fiato per qualche minuto, poi feci scorrere la pesante catena verso l'alto per riuscire a mettere un ginocchio a terra e allungare l'altra gamba. Era l'unico modo per far finire la graffetta sotto la suola delle scarpe. Le catene pesavano troppo e le braccia presto iniziarono a tremarmi, ma dovevo resistere, ce l'avevo quasi fatta.

Feci strisciare la graffetta fin sotto il sedere e la spinsi più indietro possibile poi, esausta, mi lasciai ricadere seduta. Tastai il pavimento sotto le mie mani e trovai la graffetta. La strinsi nel palmo della mano e sospirai soddisfatta.

Con le braccia troppo stanche per fare un altro movimento, e ancora mezza stordita per la botta, abbandonai la testa all'indietro e mi concessi un po' di tempo per ragionare e riprendere fiato.

Su quel pavimento impolverato, mi tornò in mente quando grazie al potere di Sarah, io e Zane eravamo entrati in contatto, scambiandoci e confidandoci involontariamente le nostre emozioni. Mi aggrappai a quel ricordo, perché lui era il ragazzo che conoscevo da sempre, a cui volevo bene più di ogni altra cosa, e il mio cuore diceva che tutto si sarebbe sistemato.

Jennifer

Nonostante avessimo cercato in lungo e in largo qualsiasi possibile pista, di Cassy e Zane non avevamo trovato nemmeno l'ombra; perciò eravamo rimasti d'accordo di andare a riposarci e riprendere le ricerche a mente più lucida. Io e Mark eravamo ritornati a casa e ci eravamo subito buttati sul letto, lui aveva preso sonno all'istante, mentre io non avevo chiuso occhio.

Fin dall'inizio, il piano di Melissa per salvare mia madre e sua nonna non mi aveva convinta; non da quando avevo saputo che avrebbe compreso anche il sacrificio di Cassy. Ma ormai c'eravamo dentro, e secondo lei non potevamo tirarci più indietro. Quello era il patto che aveva fatto con Halessiel, e non si poteva infrangere.

Avevo sempre avuto il dubbio che i patti fatti con quell'essere non avessero valore, non mi ero mai fidata.

A Mark le questioni esterne alla nostra vita poco importavano, era coinvolto solo perché lo ero io, e dove andavo io veniva lui; non gli interessava altro. Mark era buono solo con me, ma la sua indole vera era piuttosto fredda e spietata, o meglio, indifferente. E quello era uno dei motivi per il quale Melissa ne era intimorita.

Non sapevo se Mark fosse effettivamente un Dimidium, ma di sicuro era un essere molto speciale. Nessuno sapeva bene tutto quello che era in grado di fare. Era sempre molto vago sull'argomento. Alcune volte sembrava nascondere qualcosa di sovrannaturale, di non umano. Qualcosa di spietato e mortale.

E io ero l'unica cosa in grado di controllarlo.

Non avevo mai pensato di meritare un simile privilegio, non ero speciale, non ero nessuno, eppure il mio amore incondizionato per lui era la chiave della sua calma, del suo controllo e della sua stabilità.

Solo in un'occasione mi era capitato di assistere a un momento in cui quel *qualcosa* stava quasi per prendere il sopravvento su di lui, e speravo non accadesse mai più. Era successo con Melissa, perché si era scagliata contro di me.

Da quel giorno Melissa ne era terrorizzata, lei era potente ma Mark cento volte di più.

Forse ciò che l'aveva conquistato era il fatto che su di me i suoi poteri sembravano non avere effetto. Potevo diventare incorporea, invisibile e schermare la mia mente da qualsiasi attacco. Ero riuscita a entrare in contatto con lui, a donargli la mia fiducia, il mio rispetto e il mio amore.

Ora dormiva accanto a me, tenendomi sul suo fianco come sempre; una mano a coprire la mia testa, come a volermi proteggere.

E io pensavo a come poter chiedere scusa a Cassy per averla ingannata, usata.

Pensavo a come poter sfruttare le capacità di Mark per trovare indizi su di lei e sistemare le cose, anche se sapevo che non saremmo tornate mai amiche come prima.

Dovevo parlare con Melissa e mettere le cose in chiaro con lei: o confessava, o avremmo mollato, l'avremmo lasciata sola. Tanto ero sicura che Halessiel non avrebbe comunque rispettato i patti.

Avevo colto del senso di colpa in lei dopo il rapimento, e speravo che iniziasse a chiarire con Axel, anche se significava separarsi. Axel non l'avrebbe mai perdonata, nessuno l'avrebbe fatto.

Sapeva che i poteri di Cassy le servivano per trovare sua nonna, ma non di certo che l'avrebbe usata come vittima sacrificale, o non sarebbe mai stato dalla sua parte.

Comunque, né a casa di Cassy né in quella di Zane avevamo trovato nulla. Mark e le sue visioni erano la nostra unica speranza di sbrogliare la matassa.

Proprio in quell'istante lo sentii mugolare nel sonno. All'inizio erano parole incomprensibili, ripetute all'infinito, poi divennero più chiare.

«*Il tempo riavvolto, la vera chiave, il potere celato…*»

Afferrai il cellulare sul comodino e trascrissi le sue parole nelle note.

Decifrandole, avremmo trovato Cassy.

Qualche ora dopo ci ritrovammo a casa di Cassy e subito mostrai agli altri le parole di Mark. Lui fu il primo a intervenire; non conosceva esattamente il significato delle sue parole, ma era certo che si trattasse di persone.

«È chiaro che il tempo riavvolto sia Cassy, solo lei è in grado di fare una cosa del genere» ipotizzò Melissa convinta, guadagnandosi il consenso di tutti i presenti. Poco dopo si scurì in volto, ma non ci diede ulteriore spiegazione. Notai Sarah guardarla con interesse.

«E se la *vera* chiave fosse Zane?» disse poi Sarah, distogliendo lo sguardo da Melissa. «In fondo, sono stati rapiti da una specie di *falso* Zane, no?»

«Ci può stare come ragionamento» affermò Mark, «secondo me è proprio così, me lo dice l'intuito.»

«Manca solo l'ultimo, allora» intervenne Axel.

Melissa si mosse nervosamente sulla sedia, e di nuovo vidi Sarah scrutarla intensamente. La conoscevo abbastanza da sapere che stava nascondendo qualcosa, e da come era nervosa, poteva trattarsi solo di una cosa.

Aveva bloccato i suoi poteri per proteggerlo da Halessiel... l'ultima persona era Axel.

La guardai, lei ricambiò colpevole il mio sguardo con uno di supplica. Nella mia testa apparve la sua voce sottile, spaventata, ma ero abbastanza abituata da non saltare in aria terrorizzata.

«Devo prima chiarire quella questione con Axel» disse soltanto.

Annuii appena, e lei sembrò calmarsi un po'.

Mark mi strinse la mano, segno che aveva capito. E infatti si alzò dalla sedia e annunciò che saremmo andati a riposare; invitò Sarah a fare lo stesso. Lei lo guardò perplessa, ma obbedì.

Era arrivato il momento di dire la verità.

E sperare che andasse tutto bene.

Melissa

Axel mi stava fissando con uno sguardo indecifrabile. Non aveva avuto alcun accenno di reazione, dopo la mia rivelazione. Era stata la cosa più difficile che avevo mai fatto in tutta la mia vita. Trovare le parole giuste non era stato semplice; comunque si rigirasse la frittata, la verità che emergeva era sempre la stessa: ero una spietata egoista senza cuore, e l'unica che ci avrebbe rimesso, sarebbe stata la persona a cui tenevo di più al mondo.

Mi voltai e avanzai verso la porta, ma Axel finalmente parlò.

«Mi hai ingannato. Ci hai ingannati. Tutti.»

La sua voce era fredda, tagliente, in un modo che non sarei mai stata in grado di attribuirgli e che non avrei mai voluto ascoltare.

Mi fermai e, rimanendo di spalle, risposi: «Non è proprio così facile come credi. Sei sempre il solito, ti piace trarre conclusioni affrettate».

«Ah no? E com'è? Sentiamo. Volevi sacrificare me. E guarda un po'... ti sei innamorata. E quindi, per *proteggermi*, o dovrei dire per il tuo sconfinato egoismo, hai deciso di sacrificare mia sorella al posto mio. Senza dirmi nulla. Poi, non contenta, hai deciso di bloccare i miei poteri per schermare la mia presenza e mandare Cassy da sola al patibolo. Cosa speravi? Che non lo avrei mai scoperto e che avremmo vissuto per sempre felici e contenti? Mel, ma ti senti? Tu sei pazza. Una pazza sadica ed egoista. E io non so come ho fatto a innamorarmi di una come te.»

Axel non gridava, ma il suo tono era talmente deluso da ferire a morte. Avrei preferito che urlasse, rompesse tutto come nei suoi attacchi di rabbia, che sbattesse una porta o si portasse le mani ai capelli... invece niente. Nessuna reazione. Avevo lo stomaco ingarbugliato e un nodo in gola che non riuscivo in alcun modo a sciogliere, pur continuando a deglutire. Sapevo che giustificare ancora le mie azioni non avrebbe portato a null'altro, non avevo alcuna possibilità di calmare Axel o di avere il suo perdono.

Perciò rimasi immobile, di spalle, finché arrivò la frase che stavo aspettando ma che non sarei mai stata pronta a sentire.

«Vattene. Non voglio più saperne niente di te. Quando troveremo mia sorella voglio che tu sparisca per sempre dalla mia vita. Sono stato chiaro?»

Mi voltai a guardarlo da sopra la spalla e mi pentii subito dopo. Quello sguardo di ghiaccio...

Tra noi non si sarebbe mai più sistemata.

«È inutile che fai l'incazzato con me, conosci bene le mie motivazioni. Forse un giorno ti sveglierai, aprirai il cervello e capirai che...»

«Ci vediamo dopo per il rito, aggiorna gli altri. Farò tutto quello che devo per salvare mia sorella.»

«Bene.»

Per teletrasportarmi era necessaria calma e concentrazione, perciò presi la porta e me ne andai senza voltarmi.

Percorsi la strada a passo di marcia. Pensavo che camminare mi avrebbe schiarito le idee, invece non fece altro che mettermi sempre più pensieri negativi in testa. Avrei potuto manipolare Axel con uno schiocco di dita, convincere la sua mente ad accettare le mie motivazioni, o semplicemente fargli dimenticare tutto e provare e riprendere il discorso fino a trovare le parole giuste per non farlo incazzare. Ma non c'era tempo per quelle stronzate, e poi sinceramente era l'unica persona che non avevo proprio voglia di continuare a ingannare.

In qualche modo avrei sistemato anche le cose tra noi. Salvando Cassy.

Avevo detto ad Axel di aver bloccato i suoi poteri per schermarlo da Lucifero, anche se in realtà era Halessiel il vero nemico, ma in quel momento era un particolare irrilevante . Gli avevo anche svelato che lui era l'ultimo elemento della premonizione di Mark.

Mancava solo dirlo agli altri, e sbloccare i suoi poteri. Forse erano l'unico mezzo per salvare il culo a tutti, e non avevamo molto tempo per capire quali fossero e come usarli. Dovevamo fare il rito al più presto.

Axel avrebbe aggiornato Sarah, io Mark e Jennifer. Quando raggiunsi casa loro bussai, e pochi attimi dopo mi aprì Jennifer con i capelli scompigliati e gli occhi luccicanti. Quei due non facevano altro che fare sesso, erano disgustosi. O forse ero solo invidiosa, ma non lo avrei mai ammesso davanti a nessuno.

«Quando avete finito di fare i vostri porci comodi, ho delle novità.»

Mark apparve dietro di lei in boxer. «Gli hai parlato?»

Annuii.

Jennifer, inaspettatamente, rise. «E non dirmi che ti ha perdonata...»

Strinsi gli occhi in uno sguardo omicida. Mark fece un passo avanti e la spinse delicatamente dietro di sé.

«Ok, ok, scusami» continuò, schiarendosi la voce. «Cosa dobbiamo fare?» aggiunse, con un tono più remissivo.

«Quello che ho detto» risposi sprezzante. «Dobbiamo riattivare i poteri di Axel, capire quali sono e come usarli per salvare Cassy e il gigante biondo, quello vero. Per ora è tutto ciò che possiamo fare, non abbiamo altri indizi.»

«Axel è complementare a Cassy» intervenne Mark. «Qualunque sia il potere della sorella, il suo sarà opposto e complementare. Una volta sbloccati entrambi, i fratelli saranno molto più potenti perché completi.»

«L'ho pensato anche io» ammisi, «ma non conosciamo ancora tutti i poteri di Cassy.»

«Può tornare indietro nel tempo» disse Jennifer, ma Mark scosse la testa.

«È quello che crediamo, ma chi ci assicura che sia davvero così?»

Lo guardai curiosa. «Che intendi dire?»

«Non lo so» rispose, «solo quello che mi dice il mio intuito. Se fosse solo quello, solo tornare indietro nel tempo, come potrebbe esistere Black Zane?»

Effettivamente il suo ragionamento non faceva una piega, ma che spiegazione avremmo potuto dare all'esistenza di Black Zane?

«Cassandra nel bigliettino ha scritto che quello non è il vero Zane, e tu hai detto che Black Zane è lo Zane che è stato ucciso da Derek, qualunque cosa significhi, dato che non ti degni di darci altre spiegazioni.»

Mark si alterò, facendomi venire i brividi. «Forse perché non ho sempre una spiegazione a tutto quello che vedo, non credi?»

«Allora non ci resta che chiedere il parere del diretto interessato» conclusi.

«Zane?» disse stupidamente Jennifer, guadagnandosi una mia occhiata al cielo.

«Derek, ovviamente.»

«Ti ho già detto che non dobbiamo coinvolgere i Nephilim» mi ammonì Mark.

«E allora dammi tu un'altra soluzione!» Alzai la voce, noncurante della sua reazione. Quei due mi avevano davvero stancato.

Jennifer gli poggiò una mano sulla spalla e lui immediatamente si rilassò. Sospirò e chiuse gli occhi per un istante.

«Non abbiamo alternative.»

CAPITOLO 7

Evan

Mio padre mi fissava dall'altra parte dello schermo. Come ogni sera gli avevo fatto rapporto su tutto, specialmente sul comportamento sfuggente del mio adorato fratellino, che si ostinava a evitare i suoi doveri. Era da mesi che aveva quell'incarico, e ancora non si era messo d'impegno a portarlo a termine. A dire il vero, non ci aveva neppure provato. Mio padre era stato chiaro: doveva trovare dei Dominanti potenti, poi arruolarli o ucciderli, con la scusa di quello stupido corso. Ma dopo più di tre mesi, nessuno era stato fatto fuori o portato dall'Ordine.

Perciò mio padre mi aveva, come al solito, ordinato di intervenire. E come sempre Derek aveva temporeggiato, affermando di non essere certo dell'esistenza di Dimidium Dominanti all'interno di quel corso.

Ma poi l'avevo vista: Cassandra Corebet. Non era sfuggita al mio sguardo. Lei era così simile all'obiettivo di mio padre, un perfetto mix tra Lilith e Samael. Ne ero subito stato certo: era *quella* la figlia protetta di Lilith.

Era chiaro che non fosse a conoscenza della sua identità. Meno ne sapeva più sarebbe stata al sicuro.

Ecco perché qualcuno doveva aiutarla in quell'importante scoperta, appendendo così un bel faretto luminoso sulla sua testa. Qualcuno doveva pur rendere fiero nostro padre, e quel qualcuno non sarebbe mai stato mio fratello.

Mi ero sempre chiesto per quale motivo lui avesse scelto Derek e non me per quel compito. Lui non lo avrebbe mai portato a termine, non sarebbe mai stato in grado. Poi avevo capito il ragionamento di mio padre, e quanto brillante fosse la sua mente. Era l'unico modo per costringerlo a fare il suo dovere, non sarebbe mai stato completamente dalla nostra parte, altrimenti. Lui doveva uccidere la figlia di Lilith, in modo che Lilith uscisse allo scoperto per vendicarsi. Solo a quel punto sarebbe intervenuto mio padre per eliminarla e dare la possibilità ad Halessiel di togliere di mezzo una volta per tutte quella banda di angeli incompetenti che aveva attorno.

L'Obligatorium era stato portato a termine da uno Specialista. Io avevo assistito, e non era stato un bello spettacolo. Lo Specialista alla fine gli aveva cancellato la memoria, come richiesto da mio padre.

L'Obligatorium era come una sorta di maledizione, che avrebbe imposto a mio fratello di uccidere la progenie di Lilith non appena se la fosse trovata davanti.

Non mi spiegavo come fosse possibile che Cassandra respirasse ancora. Quella maledizione avrebbe dovuto rendere Derek un mostro sanguinario non appena si fosse trovato a meno di dieci metri di distanza da lei, cosa lo stava frenando?

Quello era il motivo per il quale mio padre mi aveva ordinato di reclutare Sarah, o di farla fuori in caso si fosse rifiutata. Quella ragazza era una potente Dimidium Cuore in grado di leggere e interpretare, oltre che controllare, le emozioni e la volontà di qualsiasi essere.

Se non avessi conosciuto abbastanza bene mio padre da sapere quanto sadico fosse, mi sarei chiesto perché non intervenire lui stesso e far fuori tutti su due piedi? E invece no, lui voleva che i suoi figli si sporcassero le mani al posto suo. A me andava anche bene, ma non a Derek. Se avesse agito mio padre, sarebbe già tutto finito, e tutti, Lilith e Dimidium compresi, sarebbero stati già belli e sepolti. Ma lui aveva l'arduo compito di comandare l'intero Ordine dei Blazes, a cosa servivamo noi figli, se non a fare le sue veci e mettere in atto le sue volontà?

Solo che Sarah...

Sarah discendeva da una Generatrice, e quello mio padre lo sapeva bene. Quale miglior soddisfazione di rivoltargli contro una delle loro stesse figlie? E se non Sarah, una delle altre due che avevano preso accordi con Halessiel in persona; erano ansiose di servirgli Lilith su un piatto d'argento e in cambio avevano chiesto solo la salvezza delle altre Generatrici.

Che avrebbero ottenuto.

Sì, come no. Illuse.

Mio padre le avrebbe fatte fuori tutte, figlie e nipoti comprese, senza battere ciglio. Voleva solo far meno sforzo possibile e sterminarle tutte insieme, senza sprecare troppo tempo e risorse.

Dianus Dieuchasse era così, e l'unica cosa che contava per lui era il volere di Halessiel e di nessun altro, nemmeno dei suoi stessi figli.

Solo che Sarah...

Dovevo togliermi immediatamente quel pensiero dalla testa, o mio padre avrebbe presto sospettato qualcosa. E infatti...

«Evan, non ti vedo concentrato come al solito. Qualche dubbio? Ripensamento?» la voce di mio padre era calma, ma tagliente. Non si aspettava disubbidienza da parte mia, né di nessun altro.

«Assolutamente no, padre. Sto solo pensando a come poter mettere in atto il tuo piano senza destare troppa attenzione.»

Dianus annuì lentamente, compiaciuto dalla mia risposta. A volte, dovevo ammetterlo, la sua freddezza mi metteva i brividi.

«Molto bene, figliolo. E di quella figlia della Generatrice, Sarah, che mi dici? L'hai già arruolata?»

Mi schiarii la voce, prendendo tempo. Se gli avessi detto che ci avevo provato, e l'avevo lasciata vivere al suo rifiuto, ne avrei pagato le conseguenze.

«Sto elaborando un modo per avvicinarla senza creare sospetti in chi le sta intorno. Se dovessero scoprirci...»

«Che ti importa di chi le sta intorno? Se rifiuta la uccidi, e se è il caso fai fuori pure gli altri.» La voce alterata di mio padre mi mozzò il respiro nel petto, e il ricordo di tutte le volte in cui da bambino mi aveva lasciato a terra, tramortito e pieno di lividi, solo per uno sguardo contrariato nei suoi confronti, tornò vivido nella mia mente.

«Certo, padre, hai ragione. Provvedo subito.»

«Non farmelo ripetere più, Evan. Mi basta tuo fratello come delusione. Peccato che non possa farlo fuori, prima devo... prendermi le mie soddisfazioni su di lui.»

Il sorriso di mio padre mi fece tremare come al solito. Mascherai il mio disagio e sorrisi a mia volta, recuperando la mia spavalderia.

«È quello che si merita, quel traditore. La deve pagare.»

«Ti ho già detto mille volte di non parlare di tuo fratello in quel modo. Ha preso da quella insulsa di sua madre, non è colpa sua. Farla fuori, e incolpare quell'idiota di tua cugina, è stata la scelta migliore della mia vita. Ma lo rimetteremo in riga, stanne certo. Ora vai, e fai il tuo dovere.»

«Certo, padre, lo far...» Non feci in tempo a finire la frase che chiuse la videochiamata, lasciando intorno a me un silenzio sordo e penetrante.

Sospirai e buttai giù lo schermo del portatile. Mi stropicciai gli occhi e mi passai una mano tra i capelli. Lasciai ricadere il pugno chiuso con forza sul tavolo, mandando all'aria tutti gli oggetti che c'erano sopra.

Sarei dovuto tornare da Sarah e mettere a posto le cose, in qualunque modo.

Sarah

Il racconto di Axel mi aveva lasciata a bocca aperta. Avevo capito che Melissa avesse un segreto, ma non pensavo fosse una cosa di quel calibro. Dare in pasto Cassy, forse l'unica che si era dimostrata amichevole nei suoi confronti, al nemico... così, senza nessuno scrupolo... Avevo perso in un attimo tutta la stima maturata nei suoi confronti.

Mi dispiaceva per Axel, la cui aura era di uno stinto grigio di profonda tristezza e delusione, ma non potevo fare nulla per lui se non contribuire come potevo alle ricerche.

Zane mi mancava. Mi mancavano le sue risate, le sue guance che arrossivano quando un argomento lo metteva a disagio, la sua gentilezza. E mi mancava anche Cassy, la prima vera amica che avevo avuto da quando mi ero trasferita, e che avevo tradito cadendo come un'idiota in una trappola.

Poggiai una mano sulla spalla di Axel e gli infusi un po' di *serenità*. Lui sollevò lo sguardo e mi ringraziò con un sorriso.

«Qual è il piano?» gli chiesi, quando si calmò.

«Riattivare i miei poteri e vedere cosa succede» rispose sospirando. «Lo faremo al lago, stanotte.»

«Non sembra una bella prospettiva» sorrisi, cercando di sdrammatizzare.

«Non abbiamo molte alternative.»

Più tardi, io e Axel ci recammo sul posto, dove ad attenderci c'erano già un'impaziente Melissa, Jennifer e Mark. Potevo sentire il cuore di Melissa battere all'impazzata da quella distanza, ma dalla sua faccia strafottente non traspariva alcuna emozione. Anche Axel era piuttosto agitato, ma non mi era ben chiaro se fosse per il rito, per la vista di Melissa o per entrambe le cose.

«Bene, finalmente ci avete degnati della vostra presenza» esordì Melissa sbuffando, con la classica aria arrogante che la contraddistingueva.

Iniziai a pensare che si trattasse davvero di una maschera per proteggersi dalle ferite del mondo esterno.

Forse Cassy era stata l'unica a capire come stavano davvero le cose fin dall'inizio, forse era davvero la più matura tra tutti noi.

Nessuno rispose, perciò Melissa proseguì.

«Ehm, Axel, posizionati sotto i raggi della luna e bevi questa.» Gli allungò una fialetta contenente un liquido trasparente, che aveva tutta la parvenza di essere semplice acqua. «Non la stappare fin quando non te lo dico io, e quando lo dirò tappatevi tutti il naso. Anche tu.» Axel annuì e si avviò dove gli era stato indicato.

Quella sera la luna era crescente, e lo spicchio si rifletteva beato sulla pacata superficie del lago, le cui acque sembravano abissi neri come la pece, con leggere sfumature rossastre dovute agli alberi attorno. I grilli frinivano insistenti e le cicale li accompagnavano, ma quando Axel raggiunse il pentacolo tracciato a terra, tutto tacque.

Rabbrividii, e così fecero anche gli altri. Tutti, tranne Melissa e Axel.

«Ok, ci siamo. Tappatevi il naso, puoi aprire la boccetta.»

Tutti ubbidimmo, Axel compreso. Melissa si astenne.

Allargò le braccia e l'aria iniziò a sfrigolare intorno ad Axel. Il liquido cambiò colore e divenne scuro, di un bel verde bosco, poi rosso come le foglie degli aceri che ci circondavano, infine nero come le acque del lago.

«Redwater, a cui ho chiesto di proteggere un tuo figlio, ora la protezione non è più necessaria: liberalo dal tuo vincolo» disse Melissa, con tono cantilenante. «Bevi» ordinò infine ad Axel, che non se lo fece ripetere due volte e ingollò tutta la fiala in un sorso.

Mi aspettai un lampo di luce, una manifestazione di energia, qualsiasi cosa. Ma non accadde nulla.

Melissa abbassò le mani e subito corse a cancellare il pentacolo, dichiarando concluso il rituale.

La melodia degli insetti notturni riprese come se niente fosse e tutto tornò subito alla normalità, se non fosse che nell'aria si percepiva un indecifrabile profumo.

«Ma cos'è?» disse Jennifer, annusando l'aria.

«Meglio che non lo sappiate» rispose Melissa affaccendata. «Come... come ti senti?» disse poi rivolta ad Axel, che non aveva ancora aperto bocca.

Axel esitò. «Bene, cioè, non lo so. Mi aspettavo che il rituale durasse di più, invece è stato così veloce... Sento come... la presenza di *qualcosa*. »

«La presenza di cosa? Puoi essere più specifico?» gli chiese Melissa, ma Axel sembrava distratto, come se la sua attenzione fosse rivolta da tutt'altra parte.

«Cassy?» disse all'improvviso, facendoci sobbalzare per lo stupore.

Tutti ci guardammo attorno, come se ci aspettassimo di vederla saltare fuori dagli alberi da un momento all'altro.

«Cassy, sei tu?» ripeté, mentre noi eravamo sempre più confusi.

Melissa provò a chiamarlo, ma Axel non era tra noi. Era come assorto, come se potesse vedere qualcosa per noi invisibile. La sua aura cambiò colore, divenendo di un viola intenso e brillante, proprio come quella di Cassy. Percepii sulla mia pelle il nuovo legame tra i fratelli grazie al mio potere, e finalmente capii.

«Axel e Cassy sono... connessi» dissi agli altri, che mi guardarono come se fossi un aliena. «Ora è come se fossero tornati a essere un'unica persona.»

«Che cosa sta succedendo qui?» disse una voce tra gli alberi, che subito riconobbi.

Derek fece qualche passo in avanti e venne illuminato dai raggi della luna, appena rispuntata dopo il passaggio di alcune nuvole nere che non promettevano nulla di buono.

«E lui che ci fa qui?» chiese Axel, appena ritornato tra noi.

«Siamo stati noi ad attirarti qui, c'è una cosa che dovete sapere tutti» rispose Mark.

Melissa e Mark spiegarono del bigliettino, e della visione di Mark su un presunto Zane ucciso da Derek.

Derek si allarmò per la notizia della scomparsa dei due ragazzi, ma si mise subito sulla difensiva.

«Io non ho ucciso proprio nessuno!» disse ad alta voce. «Non so di che diavolo state parlando» continuò, abbassando il tono.

«Lo sappiamo, ma sei l'unico che può aiutarci a capire che cavolo intende il nostro *Mago Magò*.» disse sarcastica Melissa, indicando con la testa un Mark con gli occhi al cielo.

«E come dovrei fare, se non so di che diamine sta parlando? E poi, Cassy e Zane sono spariti? E da quando? Perché nessuno mi ha detto nulla?» ribatté Derek nervoso, proprio mentre la sua tasca si illuminò.

Derek infilò la mano ed estrasse una pietra simile a un grosso diamante, che in un batter d'occhio si trasformo in un pugnale fatto di luce bianca. Tutti quanti ci avvicinammo a osservare.

«Cosa vuoi dirmi, Instinct?» disse Derek rivoltò al pugnale, che vibrò e tornò ad assumere le sembianze originali.

«Che significa?» sbottò Melissa irritata.

Un rumore di passi ci fece voltare, e dall'ombra apparve qualcuno che ero certa nessuno di noi si sarebbe aspettato di vedere. La ragazza venne avanti e si posizionò di fronte a noi, con le mani sui fianchi e un'espressione saccente stampata in viso. Eravamo tutti troppo sorpresi per parlare, così lo fece lei per noi.

«Significa che gli Streamer hanno una propria memoria energetica. Quel pugnale, in qualche momento, ha trapassato il corpo del mio adorato Zane, assorbendo parte della sua energia, che è rimasta intrappolata nel pugnale. Quindi tu, mio caro professore, hai tentato di uccidere il mio Zane, anche se fai il finto tonto smemorato. Non mi sei mai piaciuto, a essere sincera. Fin dal primo momento in cui ti ho visto, ho subito pensato che fossi troppo montato e arrogante per i miei gusti. Il Comandante, nonché tuo paparino, non sarà affatto contento di sapere che...»

«Oh, ma stai zitta, stupida gallina che non sei altro!» sbottò Melissa, che mandò Elizabeth Lancaster al tappeto con la semplice mossa di una mano.

Tutti fissammo per un istante il corpo inerme di Lizah, volato a qualche metro di distanza e riverso al suolo, poi ci voltammo verso Derek.

«Dianus è il comandante dell'Ordine dei Blazes?» disse seria Melissa, rivolgendosi a Derek con rabbia.

Derek esitò, poi annuì. «Sì, ma non cambia niente.»

«Non cambia niente? Cambia tutto, invece! Tu per noi eri un nemico, ma ora sei praticamente la nostra nemesi!» Melissa alzò il tono della voce, andando sotto il muso di Derek, che non accennava ad alcuna reazione.

«Sai bene che sono dalla vostra parte, non sono mai stato dalla loro.»

«Oh, sì, certo. Proprio come il tuo dolcissimo fratello, vero? Quello stronzo sadico di Evan!»

«Chi è Evan?» chiese Jennifer, ma subito Melissa la mise a tacere.

«Non è proprio il momento per le domande stupide. Mio cugino mi deve delle risposte, e subito.»

«Tuo cugino?» ribatté Jennifer, strabuzzando gli occhi.

Melissa, sul piede di guerra, sbuffò sonoramente, perciò decisi di intervenire e calmare le acque, prima che si scatenasse una rissa.

«Ok, diamoci tutti una calmata. Abbiamo un nuovo indizio, ed è lo Streamer di Derek, che a quanto pare ne sa più di noi su questa storia.»

«Non possiamo rischiare che *l'oca-so-tutto* qui vada a spifferare ogni cosa a suo padre.» Fece un cenno della testa verso Derek. «Le cancellerò la memoria, poi ci sposteremo da qualche parte per venire a capo di questa storia» concluse Melissa, andando a passo di carica verso il corpo di Lizah. Le mise una mano sopra la testa e la investì con una luce bluastra per qualche secondo. «Quando si sveglierà non ricorderà nulla di noi. Mi chiedo perché fosse qui.»

«Dovresti chiederti, invece, chi l'ha mandata» osservò Derek. «Perché di certo non è stata una sua idea quella di essere qui, stanotte, a spiarci. E un sospetto ce l'ho.»

«Evan» dissi in un soffio.

«Già» confermò Derek.

«Ok, caliamo il sipario su questo meraviglioso teatrino, andiamo a casa mia.»

Melissa ci agguantò uno a una e in un batter d'occhio ci trovammo a casa sua.

Jennifer e Mark presero posto sul divano, Melissa si buttò su una sedia, mentre io, Axel e Derek rimanemmo in piedi.

Derek tirò fuori la sua pietra, che di nuovo assunse la forma di un pugnale fatto di luce.

«Posso?» chiese Axel, allungando una mano verso l'oggetto.

Derek tirò indietro la mano. «I Dimidium non possono venire a contatto con le pietre Streamer. Potrebbero ucciderli.»

«Correrò il rischio se può essere l'unico modo di sapere qualcosa di più su che fine ha fatto mia sorella.»

Derek lo guardò intensamente negli occhi e vidi una sorta di connessione crearsi tra loro, come il filo invisibile di uno stesso destino. Ma non ebbi il tempo di far luce su quello strano avvenimento, che Derek allungò ad Axel il suo pugnale. Axel lo sfiorò appena e fu scagliato a qualche metro di distanza in un lampo di luce, andando a sbattere contro il caminetto spento.

«Axel!» strillò Melissa, alzandosi dalla sedia e correndo verso di lui, che la scansò con una mano.

«Sto bene» disse rialzandosi a fatica. «Ma ho sentito qualcosa nella mia testa. Era la voce di Cassy.»

CAPITOLO 8

Mia adorata Lilith,
So bene che non riporrai mai più la tua fiducia in me, non dopo quello che ho causato, ma ora è necessario che tu lo faccia.

Perché i tuoi figli sono in pericolo. Tu sei in pericolo.

La protezione che avete fornito loro non basterà a tenere il vero nemico lontano da voi.

So che hai sempre pensato che io volessi trovarti per vendicarmi del tuo rifiuto, so che credi che io sia disposto a tutto per riaverti con me, anche a uccidere le altre Generatrici o i tuoi stessi figli.

Ma ti sbagli. E Agrat lo sa.

So che sei convinta che sia sparita perché l'ho rapita, ma la verità è ben lontana da quella che tu credi.

È vero, sono riuscito a trovarla e l'ho portata via, costringendo tuo figlio a tornare da te.

So tutto, Agrat mi ha raccontato ogni cosa.

Del rito, dei tuoi figli, dello scambio di bambini... tutto. Agrat si è fidata di me quando ha saputo la verità.

E spero che mi crederai anche tu. Non ho motivo di mentirti.

Non sono io il nemico, Lilith. Io voglio solo salvarti, salvarvi tutti e rimediare al mio errore. Ecco perché l'ho fatto.

Io ti avevo trovata, diciannove anni fa. Il mio amore per te ha superato l'ostacolo della mancanza della Conoscenza. Avevo scoperto la tua posizione. Avevo scoperto di Samael.

È vero, sono stato accecato dalla gelosia, tanto da arrivare a fare pensieri sbagliati, ma poi ho capito: l'unica cosa che conta, e che è sempre contata, è solo la tua felicità.

Perciò, quando ho saputo dei piani di Halessiel per prendere il comando della Volta, ho dovuto proteggerti, proteggere la tua famiglia.

Quando ho scoperto che eri rimasta incinta, ho pensato giorno e notte a come potervi tenere al sicuro.

Alla fine ho deciso di dare tutta la protezione che potevo a quello che pensavo sarebbe stato un unico bambino, tramite un mio discendente diretto.

Lo conosci bene: è Zane. Zane è mio figlio, ed è nato con l'unico obiettivo di proteggere il tuo, dato che non potevo proteggere direttamente te.

Christina è una ragazza dolcissima, era la sorella perfetta per mio figlio. Ma purtroppo, sappiamo come è andata. Appena è venuta a mancare, la Volta ha deciso di renderla un Angelo messaggero, per la sua pu-

rezza d'animo. È così che mi ha trovato, ha sentito il legame che avevo con suo fratello e il mio bisogno di portarti questo messaggio.

Se non ti fidi di me, almeno fidati di lei.

Lilith, Halessiel vi vuole tutte. Ha scoperto il tuo inganno. Ha scoperto che i quattro Arcangeli non derivano tutti da te, come hai fatto credere per proteggere le altre Generatrici, ma che ognuna di voi ne ha creato uno.

Voi, insieme, avete creato i quattro Arcangeli: Michael, Raphael, Uriel e Gabriel.

Per arrivare a Metatron deve prima eliminare i quattro, e l'unico modo in cui può riuscirci e distruggere chi li ha creati, ossia voi Generatrici. E sa bene che l'unico modo per mettere fine alle vostre vite immortali è eliminarvi tutte insieme allo stesso momento, rompendo così il sigillo che avete creato per proteggere la vostra esistenza.

Gabriel è l'unico che mi ha dato retta, ed è riuscito a restituirmi una parte della mia Conoscenza Divina in segreto, perché è convinto delle mie ragioni.

Capisci? Ha disobbedito a Metatron stesso perché si fida di me.

Quindi, se lui, Agrat e Christina si fidano, ti chiedo solo di ascoltarmi.

Pensaci: che motivo avrei di farti del male?

Grazie al dono di Gabriel ho scoperto perché non riuscivo a rintracciare Mahalath e Namaah: sono prigioniere di Halessiel, che ha stretto un patto con la nipote *di Mahalath per arrivare a te, la Generatrice che teme di più, poiché hai creato Michael: il Guerriero, il guardiano della verità e della giustizia.*

Ha promesso di liberare le due in cambio di te, ma in realtà vuole solo radunarvi tutte per poi distruggervi. Gli angeli sono vincolati alla parola data, ma questo non basterà a fermare qualcuno che agisce per mano sua.

Il patto che la nipote di Mahalath ha stretto con Halessiel prevede di usare Cassandra come esca, ecco perché le sono stati sbloccati i poteri, ed ecco perché ho pensato che vi sareste allontanati da lei, o meglio da loro, per proteggerli. Sapevo che avresti cercato Agrat, ed è qui che entrano in gioco questa lettera e Christina.

Le altre Generatrici non rispondono, e ora sai il perché. Ora sai la verità.

Ma c'è ancora qualcosa che devi sapere: l'amore è stato la causa di tutto, e l'amore è l'unica soluzione.

Mia adorata, ti amerò per l'eternità, anche se so che il tuo cuore appartiene a un altro.

Ma tu dì soltanto quelle due parole, e io tornerò da te e ti aiuterò ad affrontare qualsiasi cosa. Ti dimostrerò che sono sincero.

Hai la mia parola.

Dì che mi perdoni, e la distanza tra noi si dissolverà.

Per sempre tuo
Lucifero

CAPITOLO 9

Cassy

Black Zane non era ancora tornato. Avevo trascorso parecchi minuti, o forse ore, a tentare di aprire quel maledetto lucchetto con la graffetta. Il click che sentii, dopo un tempo che mi parve infinito, fu il suono più bello della mia vita.

Mi liberai dalle catene e le lasciai sul pavimento, pronte a essere indossate nuovamente non appena avessi udito il suono dei passi del mio aguzzino. Mi alzai in piedi e mi stiracchiai. Ero dolorante, sudata e stanca, ma non mi sarei arresa a quella situazione assurda senza fare nulla.

Se ero stata in grado di sentire i passi di Black Zane e il rumore di un portone, significava che dovevo trovarmi in un'aula al piano terra, probabilmente vicino all'ingresso.

Pregai affinché la porta non fosse chiusa a chiave, e un po' ci rimasi male quando scoprii che effettivamente era così. Era come se Black Zane non mi ritenesse capace di scappare da lui.

Oppure pensa che non voglio farlo, mi rassicurò la solita voce nella mia testa, che sembrava essere diventata meno cattiva nei miei confronti, quasi come se fosse meravigliata del mio cambiamento.

Uscii dall'aula e scoprii che si trovava proprio di fronte alle scale per il primo piano, non così vicina all'ingresso. Forse il silenzio giocava a mio favore.

Stavo per mettere un piede sul primo scalino, quando una voce famigliare fece capolino nella mia testa, facendomi quasi cadere per lo spavento.

"Cassy?" disse la voce. Una voce che avevo imparato a conoscere bene e che era presto diventata parte della mia vita. Una voce che non avrei mai potuto confondere con nessun'altra.

«Axel?» risposi ad alta voce, ma era come se lui non mi potesse sentire.

"Cassy, sei tu?" ripeté Axel nella mia testa.

Non sapevo come rispondere, ma non c'erano dubbi che fosse lui. Provai a ripetere il suo nome ad alta voce, ma non ebbi più alcuna risposta. Pensai di essermi immaginata tutto, forse era dovuto allo stress.

O forse stavo diventando pazza.

Così ritentai di salire le scale, ma il rumore di un motore mi fece desistere e corsi subito al mio posto, proprio mentre sentivo il portone aprirsi. Chiusi il lucchetto appena Black Zane fece il suo ingresso in aula, guardandomi con la testa piegata di lato.

«Sei tutta sudata, piccola Cassy. Non dirmi che hai provato a liberarti? A scappare dal tuo migliore amico... Perché non ci credo, sai? Lo sai anche tu, in fondo, che il tuo posto è qui con me, non è vero?»

Era arrivato il momento di iniziare a mettere in pratica il mio piano.

Annuii. «Hai ragione. Non potrei mai stare senza di te. Siamo sempre stati *noi*, tu e io. Avrai avuto le tue buone ragioni per avermi portato qui.»

Il mio discorso parve inizialmente insospettirlo. Mi guardò a lungo, stringendo gli occhi come a volermi scrutare dentro, poi si rilassò.

«Sono contento che tu, come al solito, mi capisca. Vedo che hai iniziato a ragionare come una persona adulta, era anche ora. Direi quindi che posso rivelarti il motivo della tua presenza qui.»

Black Zane riprese posto sulla sedia che aveva lasciato di fronte a me, e per un attimo la osservò e si guardò intorno. Ebbi paura che potesse scoprire ciò che avevo fatto, e un rivolò di sudore scivolò dalla fronte per terminare sul collo. Poi scosse la testa e tornò a fissarmi, concentrandosi nuovamente su di me.

«Ecco, vedi, piccola Cassy, tu sei qui perché semplicemente è qui il tuo posto. Con me. In verità non c'è molto altro da spiegare. A parte che a Redwater non esiste più nessuno, erano superflui. Li ho fatti fuori tutti, così abbiamo più spazio per noi due. Che ne pensi?» Sorrise malignamente e si sporse verso di me, aspettando una reazione diversa da quella che dovevo mostrare per salvaguardare la mia farsa.

Mi aveva appena detto che aveva ucciso tutti quelli che conoscevo e che stavano a Redwater. Axel, Sarah, il vero Zane, probabilmente, e tutti gli altri. Forse solo i miei genitori si erano salvati, visto che non erano presenti. E allora come avevo fatto a sentire la voce di mio fratello nella mia testa?

Qualcosa nel suo discorso non quadrava, non potevano essere tutti morti, il mio istinto mi diceva che non era così, anche se lui sembrava convinto.

«Hai fatto bene. Erano inutili per noi» risposi, generando sul suo viso un'espressione parecchio soddisfatta. Sorrisi tra me e me.

«Non ti facevo così... spietata. Ma mi piace, eh. È come se ti stessi trasformando in una sorta di Cassy 2.0, una versione migliore e.. più sexy... di te. Mi piace, Macchiolina.»

Quel soprannome mi fece rabbrividire, era l'ultima cosa che avrei voluto che uscisse dalle sue labbra. Non aveva alcun diritto di pronunciarlo, non volevo permetterglielo, ma dovevo lasciarlo fare. Sapevo che era una sua ennesima provocazione, e sapevo anche che, se avessi acconsentito, mi sarei guadagnata parecchi punti fiducia.

Sorrisi accomodante, e lui sembrò contento della mia reazione. S'inginocchiò davanti a me e si sporse verso il mio viso. Mi afferrò con falsa dolcezza il mento tra due dita e mi alzò la testa.

«Tu sei mia» disse serio, per poi posare le sue labbra sulle mie.

Non potevo e non dovevo ribellarmi, potevo solo sperare che tutto finisse presto. Ma il bacio si fece sempre più profondo e il mio unico compito era quello di assecondarlo. Non doveva capire che ero soltanto profondamente disgustata da lui.

Ne sei sicura? disse la voce nella mia testa, di nuovo un po' più maligna.

Sì, ero sicura. Quello non era il mio Zane, non era il ragazzo che... adoravo. Non era lui. E quel poco di sentimento che stavo provando in quel bacio era per il vero Zane, non per lui. C'era solo perché gli somigliava, o perché in fondo sentivo che una parte di lui era nascosta, molto ben nascosta, dentro il suo cuore.

La sua mano si infilò sotto la mia maglietta, stringendomi la pelle nuda del fianco e facendomi male. Quella fu la cosa che mi riportò alla realtà: Zane non mi avrebbe mai fatto del male, per niente al mondo.

Mi staccai dal bacio con più delicatezza possibile.

«Sono scomoda in questa posizione.»

Black Zane sorrise a mezza bocca e fece schioccare la lingua sul palato, come se stesse assaporando un pensiero appena nato nella sua testa.

«Forse, quando il tuo corpo sarà pronto ad accogliermi, deciderò di liberarti. Così saremo più comodi.»

Trattenni il respiro. Era proprio *quello* il senso della sua frase? Speravo che non fosse così. Non sarei andata a letto con lui per niente al mondo. Non poteva obbligarmi.

«Lo sai come la penso su quel discorso» gli dissi, sperando che lui avesse gli stessi ricordi del vero Zane.

«Sì, ma magari ti farò cambiare idea. Sai quanto ti desidero.»

«E se non sarà così?» azzardai, guadagnandomi un suo sguardo soddisfatto, contro ogni mia aspettativa.

«Sai anche quanto mi piacciono le sfide.»

Si alzò di scatto e se ne andò, lasciando la porta aperta e la certezza che non avrebbe mai abusato di me. Lui voleva conquistarmi. Voleva farmi cedere. Voleva che fossi io a supplicarlo e ad ammettere una volta per tutte i miei sentimenti per lui.

La voce di Axel era la mia unica speranza; se davvero era stato lui a chiamarmi, dovevo provare a mettermi in contatto con lui.

Mi concentrai, misi tutto il mio impegno, e pensai al suo nome con più intensità possibile. Fu come se si creasse un ponte tra le nostre menti, avvertii distintamente la connessione tra noi, lo sentivo parte di me.

E infatti la risposta non tardò ad arrivare.

Axel

"*Cassy? Cassy, mi senti?*" ripetei, questa volta nella mia testa, non appena percepii la sua voce.

Tutti mi fissavano sconvolti.

«Axel, che significa questa storia?» mi chiese Melissa, ma l'ignorai. Non mi era ancora passata, non sapevo se mi sarebbe mai passata.

«Axel?» le fece eco Sarah.

«La sento nella mia testa. È come se fossimo connessi» spiegai.

«Perciò puoi chiederle dove si trova» intervenne Derek, quasi più agitato di me.

«Non saprei, posso provarci» risposi, prima di tornare a concentrarmi sul nostro collegamento. "*Cassy, dove ti trovi?*" le domandai, sperando vivamente che potesse darmi una risposta utile, ma quella che ricevetti mi spiazzò.

"*Siete tutti vivi? State bene?*" La sua voce era carica di angoscia e urgenza.

"*Sì, ma perché me lo chiedi? Che succede, dove sei?*" la incalzai.

"*Axel, io... non lo so. Sembra la scuola, ma è strana, tetra. Come se fosse abbandonata da anni. Zane, o meglio, Black Zane mi ha detto di aver ucciso tutti gli abitanti di Redwater e di aver preso possesso della scuola come una sorta di suo personale quartier generale, o qualcosa del genere. Ma se voi siete vivi... Non lo so, Ax, sono confusa.*"

Avevo gli occhi chiusi per lo sforzo e la concentrazione. Tenere in piedi quel collegamento era piuttosto faticoso, era come se si trovasse ad anni luce di distanza, malgrado mi avesse detto che, a suo dire, si trovava a scuola. La percezione della sua lontananza, però, non combaciava affatto. Qualcosa in quella spiegazione non tornava. E poi eravamo tutti vivi a Redwater, e la scuola non era di certo abbandonata.

"Cassy, ascolta, puoi andare un po' in giro e trovare qualche indizio su dove ti trovi realmente?"

Per una frazione di secondo mi preoccupai di aver perso il collegamento, ma la sua voce risuonò pochi istanti dopo nella mia testa.

"Sì" mi disse soltanto, con un tono deciso che non le avevo mai sentito prima di quel momento. Non mi diede altre spiegazioni sul suo stato, ma aggiunse: *"Ti contatto appena ho novità. Axel, io non so come sia possibile, ma questo Zane è... quello che Derek ha ucciso. È una storia lunga da spiegare, non so come sia possibile, non so se Zane, quello vero, sia ancora vivo oppure... Non voglio pensarci. Ora devo andare, farò il possibile per scoprire qualcosa di più".*

Chiuse il collegamento e mi sentii svuotato, come se mi avessero staccato un pezzo fondamentale del cervello e lo avessero spostato all'esterno della mia testa.

Riaprii gli occhi e me li trovai tutti attorno, in attesa che io parlassi. Non mi piaceva essere al centro dell'attenzione, e l'unica che lo capiva era Melissa, la sola a essere rimasta esattamente nel punto in cui si trovava. E sapevo che non l'aveva fatto per paura della mia reazione, ma per rispetto nei miei confronti. E il suo mezzo sorriso confermò i miei pensieri.

«Allora?» disse Jennifer impaziente.

Derek mi poggiò una mano sulla spalla. «Per favore, parla. Questa attesa è snervante.»

Dissi loro dello Zane ucciso da lui, che continuava a non capire perché tutti ripetessero quella storia. Mi spronarono a ritentare un contatto con Cassy, ma non ci fu niente da fare.

D'un tratto Melissa prese la parola, con un tono che non mi piacque per niente. Era cauta, senza alcun accenno della sua solita sfacciataggine. Sembrava intimorita, insicura delle parole che stava per pronunciare.

«Esiste un... *metodo*... per far sì che gli oggetti, come dire, *rivelino* avvenimenti del passato che li hanno visti protagonisti. Ma in questo caso si tratta di una pietra Streamer, intrisa di energia angelica, non so se può funz...»

«Facciamolo» disse d'impeto Derek, tirando subito fuori dalla tasca la pietra, che tornò ad assumere la forma di un pugnale.

«Non è così facile» asserì Melissa, guardandolo di sbieco. «Non essere sempre così affrettato. Richiede un enorme sacrificio. E più l'oggetto è importante, più il sacrificio è grande per il suo possessore.»

«Non mi importa, fallo e basta!» saltò su Derek, stringendo con forza il pugnale nel palmo della mano.

«Calmati, Derek» gli disse Sarah, imponendo una mano su di lui e rilasciando una calda ondata di energia rosata, che subito lo rilassò.

«Fallo» ripeté Derek, guardando Melissa con intensità, supplicandola con lo sguardo.

Melissa sembrò rifletterci per qualche istante, poi disse: «Jennifer, preparati».

«Ma io non l'ho mai fatto, non so se sono in grado...»

Mark le strinse una mano con fare protettivo. «Tu puoi fare qualsiasi cosa desideri.»

CAPITOLO 10

Cassy

Era ormai più di mezzora che vagavo senza sosta per l'edificio, rimanendo sempre attenta a cogliere il minimo accenno a un ritorno di Black Zane.

Guardavo le scale del secondo piano con desiderio, ma avevo troppa paura di non sentire il portone, se fossi salita. Ero bloccata lì ormai da circa quattro giorni, ne ero certa solo per l'alternarsi di luce e buio che scorgevo dalle finestre e per i pasti che Black Zane mi portava regolarmente due volte al giorno, ma tutti gli orologi erano fermi, non avevo modo di misurare quante ore passassero in sua assenza.

L'unica cosa che avevo capito era che, dopo avermi portato da mangiare la sera, spariva fino alle prime luci dell'alba. Non sapevo che cosa andasse a fare, in realtà non mi aveva più parlato dal primo giorno in cui mi aveva portata lì. Né si era più avvicinato a me ma, dopo qualche giorno di buona condotta, aveva deciso di rimuovere le catene e chiudermi soltanto a chiave all'interno dell'aula, lasciandomi libera di alzarmi e sgranchirmi le gambe. Peccato che non sapeva della graffetta e dei suoi miracoli. Mi ero esercitata parecchio ed ero diventata una vera e propria scassinatrice.

La prima volta ci avevo impiegato di sicuro più di un paio d'ore, tra l'apertura e la chiusura della porta, rischiando di essere beccata. Quindi avevo dedicato i due giorni successivi all'allenamento, e ora ero in grado di aprire e chiudere la porta in meno di un minuto.

Quel giorno avevo deciso che ero pronta per andare in esplorazione, mi ero allenata abbastanza per poter tornare indietro al volo e richiudermi la porta alle spalle senza essere scoperta. Avevo setacciato tutto il piano terra, ma non avevo trovato nulla se non ciò che avevo già visto il primo giorno. Dovevo salire, ma ormai le prime luci dell'alba erano alle porte.

Tornai indietro e mi preparai al suo ritorno.

La prima cosa che avrebbe fatto, una volta arrivato, sarebbe stata portarmi nei bagni della palestra, dove avrei potuto fare una doccia ed espletare i miei bisogni, poi mi avrebbe dato da mangiare. Sembrava fin troppo premuroso nei miei confronti, non capivo a che gioco stesse giocando.

Continuava a non dire una parola, si limitava a osservarmi, come a voler cogliere ogni minimo dettaglio, e infatti si accorse di qualcosa che non avrebbe dovuto vedere.

All'improvviso mi afferrò la mano sinistra e la sollevò all'altezza dei suoi occhi. C'era un minuscolo graffietto, causato dalla graffetta che mi era sfuggita di mano mentre richiudevo la porta prima che lui tornasse.

«E questo da dove viene?» mi chiese sospettoso, schiacciando il mio dito tra il suo pollice e il suo indice. Una goccia di sangue fresco fuoriuscì dal graffio e lui se la portò alle labbra, leccandola via.

Soppressi i brividi di disgusto. «Mi sarò graffiata durante la doccia» recitai, mettendo su la più innocente delle mie espressioni.

Black Zane sembrò essersela bevuta e mi lasciò andare. «Ti conviene stare più attenta, perché sai, l'ospedale è disabitato, ormai.»

La risata sadica che seguì alle sue parole mi fece rabbrividire. Era così sicuro che a Redwater non fosse più rimasto nessuno in vita, ma Axel mi aveva assicurato il contrario.

Dov'ero finita? Dove mi trovavo realmente?

Black Zane mi riportò indietro, nella mia solita aula, e senza aggiungere altro mi chiuse a chiave e uscì. Sarebbe tornato al calare del sole, secondo i miei calcoli, ma ciò che era appena successo mi aveva scossa, non me la sentivo di rischiare e andare a zonzo per l'edificio.

Mi aveva portato una brandina dove potevo sdraiarmi per riposare, così decisi di approfittare e ricaricarmi per la sera. Ero sicura che sarebbe stata la volta buona in cui avrei scoperto qualcosa; e poi dovevo trovare urgentemente un'altra graffetta o qualcosa che mi potesse aiutare ad aprire le porte; quella che avevo era ormai consumata e sul punto di spezzarsi.

Chiusi gli occhi e mi abbandonai alla stanchezza.

Circa un'ora più tardi mi svegliai di soprassalto. Avevo sentito un lamento, o forse lo avevo sognato. Ma era troppo vivido per essere solo frutto della mia immaginazione.

Poi eccolo di nuovo, ma stavolta ero perfettamente sveglia. Non avevo sognato: nell'edificio c'era qualcun altro.

Mi alzai di scatto dalla brandina e corsi alla porta, ma nell'aprirla ci misi un po' troppa foga e la graffetta mi abbandonò. La gettai lontano, pregando qualsiasi forza superiore di farmene trovare un'altra. Il sole era ancora abbastanza alto nel cielo, avevo tempo.

Senza pensarci due volte, mi fiondai su per le scale guidata da un folle istinto; ignorai il primo e il secondo piano, precipitandomi direttamente al terzo.

Ed eccolo di nuovo quel lamento, più chiaro e vicino. Ero nel posto giusto.

Cominciai a vagare per il terzo piano, seguendo quel flebile gemito, che si faceva sempre più vicino, finché non mi trovai davanti alla botola, proprio sopra la porta dell'aula di CDE.

Mi guardai freneticamente intorno, alla ricerca del bastone o qualsiasi cosa mi potesse aiutare a tirare giù la porta della botola: lo vidi abbandonato a terra, in un angolo impolverato. Lo afferrai e lo agganciai alla maniglia, tirando giù la scaletta con forza.

Raggiunta la mansarda di Derek, mi trovai di fronte a uno spettacolo che mi paralizzò.

Zane giaceva martoriato su un fianco, ricoperto di sangue e lividi, legato con grosse catene intorno a tutto il corpo e fissate alla colonna al centro dell'ambiente. Era smunto, le ossa gli sporgevano ovunque, la faccia era tumefatta e il pavimento era sporco di sangue, rappreso in una pozza sotto di lui.

Le gambe mi cedettero. Il cervello andò in tilt. Non riuscivo a fare altro che guardarlo respirare a fatica e tremare di fronte a quella vista terrificante.

Poi le palpebre di Zane, il mio Zane, vibrarono e si aprirono a fatica.

«C-Cas-sy...» biascicò, sputando del sangue vivo. «S-sono morto e s-sono in p-paradiso, v-vero?»

La testa gli ricadde indietro e perse di nuovo conoscenza.

La scarica di adrenalina che percorse il mio corpo fu potente, tanto da riempirmi i polmoni come una ventata di ossigeno. I muscoli si riattivarono, le gambe mi sorressero, la vista si fece acuta e i miei sensi si amplificarono di dieci volte. La mia mente era lucida, talmente lucida da pensare al fatto che se mi fossi avvicinata e mi fossi sporcata di sangue, Black Zane se ne sarebbe accorto. Perciò mi spogliai e lasciai i vestiti in un angolo pulito, poi mi avvicinai a Zane e mi abbassai accanto a lui. Gli accarezzai la testa dolcemente, e lui sembrò apprezzare.

«C-Cay...» mormorò, sospirando e sorridendo.

«Zy...» dissi a mia volta, continuando ad accarezzarlo. «Andrà tutto bene. Ti porterò fuori da qui. Tu mi hai sempre salvata, anche da me stessa, ora tocca a me ricambiare il favore.»

Jennifer

Conoscevo la teoria di quel rituale, Melissa me l'aveva illustrata più volte in vista di un'occasione del genere, che speravo non si sarebbe mai presentata.

Non mi aveva *arruolata nella sua banda* per la mia parentela con una delle Generatrici, ma per i miei poteri. Era certa che con le mie capacità sarei stata in grado di fare molte cose, molte di più di quelle che ero riuscita a imparare fino a quel momento.

Ora tutti si aspettavano qualcosa in più da me, qualcosa che non ero certa di riuscire a fare. Mi guardavano con speranza, timore e pressione, e io stavo tentando di prendere più tempo possibile.

Derek era già pronto, in piedi all'interno di un cerchio di protezione con in mano il suo pugnale di luce, che non voleva saperne di tornare alla sua forma originale. Dava l'impressione che volesse aiutarci a venire a capo di quella faccenda. Mi domandai se gli Streamer avessero una sorta di anima; dopotutto erano fatti di pura energia angelica, non era da escludere.

Mark mi guardò da un angolo e mi fece un cenno di incoraggiamento con la testa. Il suo sorriso sciolse un po' il nodo che mi attanagliava lo stomaco.

Sarah se ne stava in disparte, in compagnia di Axel, che sarebbe intervenuto in un secondo momento. Il suo legame con Cassy era fondamentale per la riuscita del rito.

Melissa, invece, era già in prima linea, pronta ad agire in caso qualcosa fosse andato storto.

«Cominciamo» disse, e con un gesto della mano le candele posizionate intorno al cerchio si accesero. Il fuoco era una delle protezioni più forti, mi avrebbe tenuta ancorata a Derek fin quando fosse stato necessario, impedendomi, una volta terminato il rituale, di finire alla deriva. «Forza, non perdiamo tempo» aggiunse, facendo un cenno verso di me.

Presi un grosso respiro e mi avviai all'interno del cerchio di fronte a Derek, spaventato ma determinato a portare avanti qualsiasi cosa fosse stata necessaria per salvare Cassy.

Gli avevamo spiegato più o meno quello che sarebbe accaduto, e lui aveva risposto che non gli interessava niente delle stupide procedure, e che avrebbe fatto tutto ciò che doveva essere fatto.

«Mi dai il permesso?» chiesi a Derek, che fece un singolo cenno del capo.

Guardai Mark per una frazione di secondo e lui ricambiò il mio sguardo, sillabando un *puoi farcela*.

Mi resi incorporea e invisibile e avanzai verso Derek, fino a entrare nel suo corpo, fondendo la mia essenza con la sua. Ora ero in grado di esplorare la sua mente, i suoi ricordi, consci e inconsci, e soprattutto di tenere in mano il pugnale e creare un ponte per Axel, che altrimenti non avrebbe potuto toccarlo.

La vita travagliata di quel ragazzo mi investì in pieno petto, facendomi vacillare. Aveva sofferto e stava soffrendo molto, ma la cosa che più mi preoccupò fu il forte desiderio di uccidere Cassy, costantemente presente in lui e tenuto a bada con ogni cellula del suo essere. Era come se nascondesse una bestia in procinto di rompere le catene e prendere il sopravvento. Sentivo che non voleva fare del male a nessuno, ma avevo visto quanto male era stato costretto a fare da suo padre e dall'Ordine dei Blazes. Mi fece molta pena, ma non era il momento di perdersi nei meandri della sua testa.

Attraverso la sua mano strinsi il pugnale e percepii la sua energia fluire nel corpo di Derek. Doveva trattenerla per permettere ad Axel di toccarlo, e il mio controllo sul suo corpo e il suo spirito gli avrebbe permesso di non fallire. Sollevai verso Axel una mano, mentre l'altra stringeva il pugnale. Ci raggiunse all'interno del cerchio e l'afferrò. Arginare la potenza dello Streamer era impegnativo e richiedeva molta energia; speravo che la mia e quella di Derek bastassero.

Axel fece comunque molta fatica a mantenere il contatto, ma almeno non venne subito sbalzato via come la prima volta. L'energia angelica ci avvolse come un tornado, più potente di qualsiasi cosa con cui avessi mai avuto a che fare. Cercava di strapparmi via da Derek, a cui mi stavo aggrappando con tutta la mia essenza.

Le mie forze si stavano prosciugando a un ritmo spaventoso, finché non ressi più e venni scagliata fuori dal corpo di Derek, oltre il cerchio. Axel mi seguì a ruota un istante più tardi.

Quando Derek perse conoscenza e crollò a terra sfinito, tutte le luci della stanza si spensero all'unisono.

Io e Axel recuperammo in fretta e ci alzammo per raggiungere gli altri, radunati intorno a Derek.

Melissa sembrava preoccupata.

«Ci pensi tu?» chiese rivolta a Sarah, che annuì e impose le mani su di lui.

Il calore emanato dai suoi palmi era talmente intenso da irradiarsi ovunque e donare a tutti un senso di pace e benessere. Derek poco dopo riaprì gli occhi.

«Ha funzionato?» domandò impaziente, rimettendosi subito a sedere.

Ci voltammo verso Axel, che annuì.

«Non crederete mai a quello che la pietra mi ha mostrato» disse, «non ci crederebbe nessuno. Il potere di

Cassy non è di tornare indietro nel tempo. È molto più complicato di così.»

Axel spiegò tutto ciò che lo Streamer gli aveva mostrato: raccontò di ciò che era successo a seguito del bacio tra Derek e Cassy, di cui nessuno era a conoscenza perché in realtà non era mai accaduto, e di come la reazione di Zane avesse causato conseguenze disastrose per tutti. Fece luce sul presunto omicidio di Zane, per mano proprio del pugnale di Derek, che dalla fine del rituale era tornato ad assumere la sua forma originale di pietra, come se il suo compito fosse terminato.

Quella storia era pazzesca, inverosimile, ma sapevo che Axel stava dicendo la verità perché erano le stesse cose che avevo visto io. Avevo solo bisogno della sua conferma.

«Ma se Black Zane è quello che avrei presumibilmente ucciso, dov'è il vero Zane? E soprattutto, perché questo non è morto? Come fa a essere vivo se Instinct gli ha trapassato il cuore?» chiese confuso Derek.

«Perché quello che è successo quel giorno non fa più parte della nostra dimensione» rispose Axel, sollevando i dubbi di tutti. «Il potere di Cassy, come vi dicevo prima, non è tornare indietro nel tempo, ma aprire varchi dimensionali, in cui è esistito quel determinato evento che nella nostra realtà Cassy ha voluto cancellare. Solo che è un potere incompleto, perché lei non può richiudere i varchi. Credo che in qualche modo Black Zane sia sopravvissuto e sia riuscito a entrare nel nostro mondo attraverso il varco aperto lasciato da Cassy.»

Eravamo tutti talmente sconcertati da non riuscire a dire nemmeno una parola.

«Aspettate un attimo» disse all'improvviso Derek. «Se Black Zane riesce a spostarsi tra i varchi temporali, se è stato in grado di spostarsi dal suo mondo al nostro, significa che...»

«Che anche Zane è in grado di farlo» concluse Sarah al posto suo.

«Sì, ma nel caso non te ne fossi accorta, Zane è sparito, proprio come Cassy» precisò Melissa tagliente.

Axel si irrigidì. «Cassy?» disse ad alta voce, per poi bloccarsi come la prima volta in cui si era messo in contatto telepatico con la sorella.

Rimanemmo tutti in febbrile attesa, finché Axel sgranò gli occhi e annunciò: «Cassy ha trovato Zane, è con lei.»

«Dobbiamo fare qualcosa» intervenne Sarah agitata.

«L'unica cosa che possiamo fare è chiudere quel varco con Black Zane all'interno, non possiamo ucciderlo. È troppo potente per noi. Ma prima dobbiamo tirare fuori mia sorella e Zane.»

«E come diavolo dovremmo fare una cosa del genere?» si innervosì Melissa.

«Non lo so, ma ormai si è fatto tardi e dobbiamo riposare. Se vogliamo fare qualcosa, qualunque cosa, dobbiamo essere lucidi» disse Derek, guadagnandosi l'approvazione di tutti i presenti.

«Ci incontreremo domani mattina di nuovo qui» concluse Melissa, e tutti ci congedammo.

Quella notte trascorse lenta, immobile. Era come se non si muovesse nemmeno un filo d'erba. Percepivo la staticità nell'aria, mentre Mark respirava sereno accanto a me. Sembrava che niente potesse scuoterlo, come se non avesse mai dubbi o preoccupazioni.

A volte lo invidiavo: avrei voluto avere anche io una buona dose di indifferenza con cui proteggermi dal resto del mondo, ma purtroppo io percepivo e assimilavo, metabolizzavo ed esplodevo. Un giorno sarei scoppiata come una supernova, e probabilmente sarebbe già successo se lui non fosse stato al mio fianco.

Lui e la sua indifferenza per il resto del mondo.

Odiavo il fatto che chi mi stava accanto mi trattava sempre come una stupida, come una che capisce poco o niente della vita e di tutto ciò che ci circonda; la verità era che tendevo a estraniarmi, proprio per evitare di scoppiare.

Tenevo davvero a Cassy, alla nostra amicizia e ai ricordi che avevamo costruito insieme nel corso degli anni, ed ero davvero dispiaciuta per essere scappata via in quel modo, abbandonandola. Non lo meritava, ma non avevo altra scelta. Avevo provato a mantenere i contatti con lei, ma era troppo rischioso. Se avessi destato l'attenzione dei Nephilim, li avremmo avuti alle calcagna per il resto della vita.

Incontrare Melissa era stata una manna dal cielo, ma fino a un certo punto. Ci aveva trovato un rifugio a Rocce Grigie, dove saremmo stati al sicuro. Sapevamo che i Nephilim stavano reclutando, era meglio stargli alla larga.

Mi alzai dal letto sospirando, non sarei riuscita a rimanerci un minuto di più.

«Dove vai?» mugugnò Mark, mezzo addormentato.

«A prendere una boccata d'aria.»

La sera era buia e le nuvole promettevano pioggia. Pioveva spesso la notte, ma erano parecchi giorni che minacciava e non accadeva, e per Redwater era piuttosto strano. Era come se anche la città percepisse che c'era qualcosa che non quadrava. Mi aggiravo per le baracche dei Dimidium Dominanti rifugiati, e ogni tanto si sentiva qualche rumore sommesso provenire dall'interno.

La casa di Melissa era senza dubbio quella che sembrava messa peggio, anche se tutti sapevano che l'interno non rispecchiava il suo aspetto esteriore.

Arrivai all'imbocco del viale alberato e mi incamminai verso la scuola. L'edificio era tetro senza alcuna illuminazione, per quanto potesse risultare tetro un edificio iper moderno come quello. Mi era piaciuto studiare lì, stare a contatto con gli altri, finché non avevo scoperto cosa quell'ambiente celasse davvero.

Arrivai davanti al cancello d'ingresso, quando notai un movimento sospetto lungo il corridoio erboso che portava all'ala Senior. Divenni invisibile e varcai la soglia, poi silenziosamente seguii la figura avvolta da un mantello nero.

Improvvisamente la figura si bloccò e per poco non le finii addosso. Senza girarsi, parlò.

«Jennifer, so che sei qui. Fatti vedere.» Melissa si voltò e guardò nella mia direzione. «Posso sentire la tua presenza, lo sai bene.»

Ritornai al mio stato originale. «Che ci fai qui?» le chiesi e lei mi guardò con sarcasmo.

«E tu? Gita notturna al chiaro di luna?»

Non risposi, mi limitai a fissarla in attesa di ulteriori spiegazioni.

«Ok, d'accordo. Non riesco a dormire» ammise. «Axel ha detto che Cassy si trova a scuola, anche se in un'altra dimensione. Ma potrebbe esserci qualcosa che le collega e voglio scoprire se ho ragione.»

Sbarrai gli occhi. «E non potevi aspettare che fossimo tutti insieme domani mattina? Devi sempre fare tutto da sola e rischiare la pelle?» la rimproverai, ma mi gettò un'occhiata di fuoco.

«Non sono fatti tuoi quello che faccio nella mia vita.»

«No, ma sono fatti di tutti, dato che è per colpa tua che Cassy è in pericolo.»

Melissa accusò il colpo incrociando le braccia al petto.

«Beh, vieni con me o te ne stai lì a guardare per tutta la notte?» sbottò poi, dopo un lungo minuto di silenzio.

«So che non mi consideri tale» iniziai con cautela, «ma io invece ti considero un'amica. Anche se sei una testa di cazzo.»

Lei fece un mezzo sorriso e un gesto veloce con la mano, come a dire che, anche senza ammetterlo, la stessa cosa valeva per lei. Sorrisi a mia volta e ci incamminammo.

Non me l'aspettavo, ma Melissa McDowson aveva appena accettato apertamente la mia amicizia.

«Ma tienitelo per te, zuccherino, non ho nessuna intenzione di far sapere alla gente che vado in giro con una così» aggiunse.

Forse avevo cantato vittoria un po' troppo presto, in fondo sarebbe rimasta la solita Melissa arrogante di sempre, e mi stava bene così.

Girovagammo per l'edificio per un paio d'ore, ma non trovammo nulla che potesse esserci d'aiuto, finché non ci trovammo davanti all'aula di CDE. Lì intorno c'era un'energia strana, ma non capivamo da dove provenisse di preciso.

Un rumore, proprio sopra le nostre testa, ci fece sobbalzare. Un pannello sul soffitto si aprì. D'istinto divenni invisibile e afferrai Melissa per un braccio, trascinandola con me in un angolo buio.

Venne giù una scaletta, seguita da Derek. Scese giù per poi avviarsi a passo veloce verso la scalinata che portava al piano di sotto.

«Che diavolo ci fa qui mio cugino nel cuore della notte?» sibilò Melissa, sporgendosi verso il punto in cui si era avviato.

«Scopriamolo» risposi.

Insieme risalimmo la scaletta e ci trovammo in un piccolo e disordinato appartamento.

«Così è qui che vive» constatò Melissa, guardandosi attorno. «Senti? È proprio da qui che proviene questa insolita energia. Mi sembra strano che lui non se ne sia accorto.»

Annuii. «Sì, la sento. Forse non la percepisce perché, vivendo qui, ne è assuefatto.»

Melissa fece spallucce. «Controlliamo in giro.» Ispezionammo tutto l'appartamento, ma non trovammo niente fuori posto.

«Forse Axel potrebbe capirci qualcosa di più» ipotizzai.

Per la prima volta Melissa mi diede ragione. «Sì, ma come lo portiamo qui? Non possiamo di certo attendere domani e dire a tutti *ehi, stanotte ci siamo infiltrati in casa tua, Derek. Ora però dobbiamo scoprire cosa nascondi.*»

Un rombo sordo ci colse alla sprovvista e fece tremare le pareti e gli oggetti nella stanza. Mi aggrappai al braccio di Melissa per renderci invisibili appena in tempo.

Una specie di buco nero si formò tra la cucina e il tavolo, dal quale emerse Black Zane.

Trattenni a stento un verso gutturale e Melissa mi tappò la bocca.

Black Zane si guardò attorno con sospetto, puntando lo sguardo proprio nella nostra direzione. Venne avanti di qualche passo e noi indietreggiammo in silenzio.

A un certo punto sembrò rassegnarsi, chiuse il buco nero con un gesto della mano e si avviò alla botola. Quando lo seguimmo giù per le scale, però, di lui non c'era più alcuna traccia. Era come se fosse sparito nel nulla.

«Non capisco» dissi sotto voce.

Melissa sospirò. «Non dirlo a me. Sta di fatto che le cose sono due: o Derek è un traditore, o ha un inquilino indesiderato.»

«Sì, ma anche lui, dove sarà andato a quest'ora della notte? E perché Black Zane è spuntato da un portale nel suo appartamento? Se Derek fosse stato al corrente della situazione, non penso che Black Zane avrebbe aspettato di vederlo uscire di casa per farsi vivo. Dobbiamo avvertirlo.»

«D'accordo» mi concesse Melissa, «domani mattina condivideremo con gli altri ciò che abbiamo visto, anche con Derek.»

Melissa mi afferrò un braccio e in un batter d'occhio fummo di nuovo davanti alle nostre case, al sicuro.

CAPITOLO 11

Derek

«Che diavolo state dicendo?» sbottai. Tra la marea di stranezze che stavano sparando quelle due, la cosa peggiore non era nemmeno il fatto che si fossero intrufolate in casa mia. Sostenevano che Black Zane usasse il mio appartamento come una specie di passaggio dimensionale, andando e venendo a suo piacimento.

E io non me n'ero mai accorto.

Che mi stava succedendo? Davvero le mie emozioni erano così stravolte da influire sulle mie capacità affinate in anni e anni di addestramento?

Ero preoccupato per Cassy, e in più mio fratello non mi stava dando tregua. Sapevo che stava tramando qualcosa, era da troppo tempo che non avevo sue notizie.

Quella notte avevo provato ad andare a cercarlo, ma senza risultati. Forse era rientrato al Quartier Generale.

Lo speravo, anche se il mio istinto mi diceva che era solo la quiete prima della tempesta.

Mio padre era sempre stato un gran manipolatore, e aveva usato mio fratello a suo piacimento da che avevo memoria. Ecco perché ce l'avevo così tanto con lui: era stato in grado di trasformarlo in un essere senza scrupoli e aspirazioni, se non quella di eseguire i suoi ordini e compiacerlo.

Ma Evan non era sempre stato così: una volta eravamo stati uniti. Si era sempre preso lui tutte le colpe delle nostre malefatte da bambini. E tutte le botte. Aveva sempre voluto proteggermi.

Erano anni che desideravo ardentemente di far fuori mio padre con le mie stesse mani.

Ora Cassy era stata rapita ed Evan era sparito. Che fosse davvero lei il bersaglio designato dall'Ordine? Non lo avrei mai permesso, avrei preferito che morisse piuttosto che lasciarla nelle mani dell'Ordine.

Che poi era quello che avevo sempre pensato per me: meglio la morte che stare ai comandi dell'Ordine. Non sarei mai caduto per mano di quella feccia, che si spacciava come capo del mondo e che invece non faceva altro che sterminare chiunque non potesse essere domato come una bestia.

Anche io ero una loro pedina, ma per quanto lo sarei stato ancora? Era da tempo che ormai non rispondevo più alle chiamate, presto sarebbero venuti a cercarmi per riportarmi in riga. Avevano già mandato mio fratello ad avvisarmi.

Ma ora la mia preoccupazione era un'altra: Cassy. Sorvolai sul fatto che mia cugina e la sua amichetta si fossero introdotte in casa mia e arrivai dritto al punto.

«D'accordo, cosa dobbiamo fare?»

«Dobbiamo portare Axel e vedere se lui riesce a percepire qualcosa più di noi. Abbiamo capito che quello che Black Zane apre è un portale per l'altra dimensione, dobbiamo solo sperare di poterlo sfruttare anche noi in qualche modo» rispose Jennifer.

«Io non credo di essere in grado di fare cose del genere» ammise Axel, intimorito. «Fino a un paio di giorni fa non avevo nemmeno i poteri, vi ricordo.»

«Vuoi trovare tua sorella o no?» sbottò Melissa, fulminandolo con lo sguardo.

Axel la guardò intensamente, poi distolse lo sguardo e annuì. «Hai ragione. Facciamolo.»

«Ok, ecco il piano» iniziò Melissa, catturando l'attenzione di tutti i presenti. «Derek, tu non devi fare nulla. Ti comporterai come al solito. Black Zane non deve sospettare niente. Io, Jennifer e Axel saliremo nel tuo appartamento non appena tu uscirai di casa per la tua solita passeggiata al chiaro di luna. Sarah e Mark staranno di guardia, e ci avviseranno se qualcosa non dovesse andare per il verso giusto. Tutto chiaro?»

Tutti annuimmo e ci demmo appuntamento per quella notte.

Cassy

Avevo conservato parte del mio pasto per portarlo a Zane; erano almeno due settimane che non veniva nutrito a dovere. Non sarei mai riuscita a spostarlo o a farlo sedere, ma potevo tentare di rimetterlo pian piano in forze, fin quando fosse stato in grado di farlo da solo. Era come se Black Zane lo avesse abbandonato lì, gettandogli giusto qualche avanzo per non farlo morire del tutto. Ma perché non voleva che morisse?

Quella sera Zane riuscì a mettersi seduto, pur avendo attorno al corpo tutte quelle pesanti catene che lo limitavano.

Axel si era messo in contatto con me qualche ora prima, spiegandomi il loro piano e tutto quello che avevano scoperto fino a quel momento, ma c'era una cosa che non tornava: diceva che erano trascorsi solo pochi giorni da quando eravamo stati rapiti, ma io ne avevo calcolati almeno quindici. Forse, nella dimensione in cui mi trovavo, il tempo trascorreva in maniera diversa.

Comunque, io e Zane eravamo esausti e, ad aggravare il tutto, Black Zane aveva anche iniziato a farmi pressione sui piani che aveva in serbo per noi due.

Proprio quella sera era arrivato con due pizze, che aveva voluto mangiare insieme. Era rimasto a fissarmi per tutto il pasto senza battere ciglio. Una volta terminato aveva lanciato via la scatole, si era avvicinato a me e mi aveva afferrato per il collo.

La mia pazienza non sarà infinita, piccola Cassy, mi aveva detto. *Ti ho portato qui e salvato per un solo motivo*, aveva aggiunto prima di andarsene, *e il motivo è che il tuo destino è stare con me, lo sai da sempre. Devi solo accettarlo.*

Poi però ripensai alle pizze: dove diavolo le aveva prese se aveva detto che erano tutti morti in città? Possibile, poi, che nessuno si fosse accorto che un intero paese era stato sterminato?

Sospirai. In quella situazione, fare congetture e supposizioni era soltanto una perdita di tempo e di energie.

Attesi di sentire il portone e poi sgattaiolai da Zane, che nonostante si stesse rimettendo in forze, doveva comunque fingere di essere moribondo per sopravvivere al suo malvagio alter ego.

Mentre tiravo giù la botola, la voce di Axel mi colse di sorpresa nella mia testa e tirai giù la porticina più forte del previsto, staccandola dai cardini. Quella cadde con un tonfo sordo sul pavimento, e il rimbombo si udì per tutto il palazzo.

«No... no, no, no... E ora che diamine faccio? Come l'aggiusto?»

Axel continuava a chiamarmi, ma lo ignorai. Se non fossi riuscita a sistemarla in tempo, sarebbe finita male per entrambi, soprattutto per Zane. Mi guardavo intorno alla disperata ricerca di una soluzione per aggiustarla, respingendo la voce di mio fratello nella testa, che si faceva sempre più opprimente.

"*CASSY!*"

La sua voce potente mi bloccò sul posto, costringendomi a dargli retta. Era diventato più forte, lo percepivo chiaramente. Era come se...

"*Cassy!*" ripeté Axel con decisione. "*Stai bene?*"

"*Sì, no*" risposi agitata, e Axel non tardò ad accorgersene.

"*Che succede?*" mi chiese. La sua voce era almeno dieci volte più potente nella mia testa. Era come se fosse la mia mente stessa a generarla, come se ora la sentissi in alta risoluzione. Era chiara, limpida, e non disturbata e lontana come l'ultima volta che ci eravamo sentiti.

"*Che hai fatto?*" gli chiesi d'istinto, e lui colse al volo la mia domanda.

"*Niente, oltre ad aver sbloccato i miei poteri. Che ancora non so quali siano, ma sappiamo che ora possiamo in qualche modo farvi ritornare. Ma ci serve Zane. Lui può aprire un passaggio dimensionale.*"

Non avevo capito una parola di quello che aveva appena detto. Sbloccato i poteri? Passaggio dimensionale? Ma di che diavolo stava parlando?

"*So che non ti è chiaro cosa ti ho appena detto, ma non c'è tempo adesso per le spiegazioni. Devi soltanto fidarti di me.*"

"*Io mi fido di te.*"

"*Ok, allora ascoltami.*"

Il tonfo del portone mi colse di sorpresa.

Non è possibile, è già tornato...

Chiusi immediatamente la connessione mentale con Axel.

E adesso?

La testa di Zane spuntò dalla botola. «Passami la porta, ci penso io. Tu torna indietro. Vai!»

Grazie a una potente iniezione di adrenalina, sollevai la pesante porta della botola e la passai a Zane, che l'afferrò con una sola mano. Si era decisamente rimesso in forze. E che fine avevano fatto le catene?

«Vai!» mi ripeté concitatamente lui, e io, dopo avergli lanciato l'occhiata più carica di gratitudine che potessi, mi fiondai giù per le scale, cercando di fare meno rumore possibile.

I passi lenti di Black Zane scandivano i secondi, inesorabili. Se avesse girato l'angolo che dava sulle scale, avrebbe trovato aperta la porta dell'aula dove mi teneva richiusa. Sarebbe stata la fine. Non ce l'avrei mai fatta.

E se...

Tanto avrei comunque fatto una brutta fine, ma almeno avrei avuto una chance di salvare Zane.

Mi fermai sulla rampa di scale del secondo piano e chiusi gli occhi. L'aria iniziò a sfrigolare e una potente onda di energia esplose dal mio corpo. Tutto si fermò.

Non si udivano più i passi di Black Zane, né lo sferragliare sommesso che proveniva da sopra, da Zane che armeggiava con la porta della botola.

Mi sentivo molto più forte, non c'era esitazione nell'imposizione del mio potere. Sentivo di poter fare quello che volevo con sicurezza. Le energie non si prosciugavano rapidamente.

Potevo farlo. Potevo salvare entrambi. Sapevo di poterci riuscire.

Feci dietro front e corsi su per le scale, fino ad arrivare alla botola del terzo piano. Zane era bloccato nel tempo, intento a sistemarla come poteva. I suoi occhi si muovevano, come era accaduto con Black Zane, e quando mi vide arrivare si spalancarono per la sorpresa. Gli feci un cenno rassicurante della testa e un sorriso, poi mi arrampicai su per la scala e poggiai la mia mano sul suo braccio.

Zane si sbloccò e si agitò. Mi chiese perché fossi tornata lì, mi disse di tornare indietro o Black Zane mi avrebbe fatto del male, ma io lo calmai solo guardandolo negli occhi.

«Sistemiamo questa, Black Zane non può farci nulla. Il tempo è dalla nostra parte. Usciremo da qui, te lo prometto.»

Zane mi sorrise con dolcezza e si rasserenò. «Se lo dici tu, so che sarà così.»

Una volta sistemata la porta, gli scoccai un bacio sulla guancia e lo incitai con la mano a rientrare. Lui mi fece un altro dei suoi bellissimi sorrisi e si richiuse la botola alle spalle.

Mi avviai lungo il corridoio con calma. Non mi sentivo affaticata, eppure di sotto c'era Black Zane e di sopra Zane, che ero riuscita a esentare dal blocco temporale con successo. E per sistemare la botola c'era voluto un bel po'...

Sarà collegato a quello che ha detto Axel, ai suoi poteri?

"*Cassy*" mi chiamò la voce di Axel nella testa.

"*Ax... Mi sento...*"

"*Completa?*" mi suggerì lui.

"*Sì.*"

"*Perché è così. Ora è come se fossimo tornati a essere un'unica cosa.*"

"*Ma come...*"

"*Ascoltami*" mi interruppe lui sbrigativo, "*i miei poteri sono complementari ai tuoi, anche se ancora non sappiamo con certezza quali siano. Ma una cosa è sicura: Cassy, tu non torni indietro nel tempo, tu apri varchi dimensionali. È come se creassi realtà alternative. E quindi, se tu puoi aprire i varchi...*"

"*Tu puoi chiuderli*" dedussi.

Quindi era quello il motivo dell'esistenza di quello Zane. Lui era lo Zane accecato dall'amore, trasformato in odio. Era lo Zane che Derek aveva dovuto uccidere per evitare che lui uccidesse noi, ma che evidentemente, in qualche modo, era riuscito a scampare alla morte ed era tornato per portare a termine quello che aveva iniziato.

Sono stata io a creare quel mostro...

È colpa mia se è diventato così...

Un senso di angoscia mi travolse come un fiume in piena.

È tutta colpa di quel maledetto bacio...

Sentii il mio potere scivolarmi dalle dita e le gambe mi cedettero. Il tempo iniziò lentamente a scorrere, e feci giusto in tempo a rinchiudermi la porta dell'aula alle spalle con una graffetta trovata sul pavimento del secondo piano, prima di crollare sul pavimento, accanto alla cattedra. E non per stanchezza.

Avevo ragione, è solo colpa mia...

"*Cassy, ti prego, ascoltami.*" La voce di Axel tornò nella mia testa, anche se ora più distante. "*Tu non hai colpe. Non sappiamo cosa possa aver scaturito quella reazione. Ti prego*" ripeté con veemenza, come se mi stesse leggendo nel pensiero, "*ora dobbiamo solo mettere in atto il piano per portarvi a casa.*"

Annuii al vuoto e cercai di farmi forza appoggiandomi alle sue parole.

Sono stata io a creare quel mostro...

L'odio è solo l'altra faccia dell'amore...

"*Qual è il piano?*" riuscii a dire, prima che Black Zane spalancasse la porta dell'aula e mi guardasse con fare omicida.

«Che stai combinando?» ruggì, scagliando contro il muro una busta piena di vestiti. Riconobbi la mia felpa lilla.

È stato a casa mia...

Lo fissai con l'aria più ingenua che la mia angoscia mi potesse permettere. «Cosa vuoi dire?» azzardai.

«Non ti muovere» mi intimò, per poi prendere la porta e sparire.

Sentivo i suoi passi affrettati salire al piano di sopra. Stava andando a controllare Zane. Pregai affinché non gli facesse del male.

Tornò dopo pochi minuti, decisamente più calmo.

«Se scopro che...» Si pentii di quello che stava per dire. Ero certa che gli stava per scappare della presenza di Zane nello stesso edificio, cosa che io non avrei dovuto sapere. Sollevò una mano e indicò i vestiti sparpagliati sul pavimento. «Ti ho portato un cambio. Andiamo a fare una doccia.»

Ero tentata di chiedergli se davvero fosse entrato in casa mia, ma mi morsi la lingua e virai verso un'altra domanda.

«Ti ringrazio per la premura che mi riservi. Grazie per avermi portato dei vestiti puliti» gli dissi invece, e lui rimase in silenzio.

Non rispose e continuò a camminare dietro di me, verso le docce della palestra. All'inizio mi teneva con forza per un braccio, ora mi lasciava andare da sola.

Il mio piano sta funzionando, pensai vittoriosa, ma di nuovo venni investita dall'angoscia. *È così, è per colpa tua*, mi ricordò la voce maligna nella mia testa.

«Cosa c'è?» mi chiese a sorpresa Black Zane, quando mi sentii sospirare con violenza in risposta a quel pensiero che mi tormentava.

Non c'era cattiveria nella sua voce, solo sincera preoccupazione.

E se potessi salvarlo? In fondo, è sempre Zane...

«Mi manchi» mi uscii di getto. Il pensiero era rivolto al *mio* Zane. Me ne pentii subito dopo.

I passi alle mie spalle si fermarono e io feci lo stesso. Mi voltai e lui era lì, con i pugni stretti lungo i fianchi e la testa bassa. Sembrava che stesse combattendo contro qualcosa dentro di sé.

Mi raggiunse e si piazzò davanti a me. Sollevai la testa di un bel po' per guardarlo negli occhi, e per un attimo rividi il mio Zane. Era lì dentro, da qualche parte, ne ero certa. Come ero certa che non avrei potuto salvarlo. Non lui.

«Cassandra» sussurrò, accarezzandomi la guancia con il pollice, «tu non puoi più fare niente per lui. Non esiste più. Ma sono sempre io, il tuo adorato Zane. Sono io» ripeté, avvicinandosi al mio viso.

Quegli occhi, così simili a quelli meravigliosi del vero Zane, erano anche così profondamente diversi. Avvolti dalle tenebre, come la sua anima.

«Lui è morto quel giorno. Il pugnale ha distrutto quella parte di me, che non esiste più. Ecco cosa ha colpito. Sono sopravvissuto solo grazie al sentimento che provo per te, che ho sempre provato, al quale l'ultimo residuo della mia anima si è aggrappato. Quel pezzo della mia anima che era sepolto nell'oscurità dalla quale era stato generato. E tu sai di cosa parlo. Ma tutto il resto di me, di Zane, non esiste più. Lo capisci?» Le sue parole erano devastanti, ma il tono di voce era dolce come il miele. Traeva in inganno. «Ma tu ami tutto di me, anche la parte più oscura. Lo hai sempre saputo, devi solo accettarlo» concluse, stringendomi con forza il viso.

Mi mollò con violenza e quasi caddi sul pavimento, ma non feci una piega. Dovevo dimostrargli che ero meritevole della sua fiducia.

«Lo so» sussurrai con più dolcezza possibile. «So che tu hai sempre voluto il meglio per me.» Mi avvicinai di nuovo a lui, che mi fissava con intensità. Sapevo che mi stava studiando per capire se lo stessi ingannando o meno. Non dovevo esagerare, o se ne sarebbe accorto.

«Sono io il meglio per te» ringhiò, con rinnovato odio nella sua voce.

«Lo so» ripetei con decisione. Poi mi voltai e continuai a camminare. Poco dopo i suoi passi ricominciarono a risuonare dietro di me.

«Non voglio che accada di nuovo.»

Il tono disperato nella sua voce mi spiazzò completamente. Mi bloccai sul posto. Non avevo il coraggio di girarmi a guardarlo, perché sapevo che avrei ceduto. Che avrei avuto compassione. Chiusi gli occhi e attesi che continuasse.

«Io... voglio rimediare» continuò, sempre più disperato, quasi al limite della pazzia.

Mi si piazzò davanti e mi scosse, afferrandomi dalle braccia e costringendomi ad aprire gli occhi e guardarlo. Ed eccolo lì, il mio Zane, quello che lui era convinto che fosse morto quel giorno. Era ancora lì, o almeno una parte di lui lo era di sicuro.

«Io ti ho ucciso.»

Il respiro mi si mozzò nei polmoni. Mi lasciò andare, poi mi afferrò e mi strinse a sé con impeto, così forte che sentii tutte le ossa del mio corpo scricchiolare. «Ti ho ucciso» balbettò di nuovo. «Quel pugnale non mi ha fermato. Quando ho ripreso conoscenza... Ho dovuto trovare il modo di riaverti con me. La mia disperazione ha aperto un passaggio. E quando ho guardato attraverso quel passaggio, ti ho vista. Eri viva. E poi ho deciso di attraversarlo e riportarti qui. Al tuo posto.» Mi lasciò andare, chiuse gli occhi ed emise un lungo respiro. Quando li riaprì era tornato lo Zane spietato di sempre. «Muoviti, fatti la doccia e cambiati.» Mi sospinse lungo il corridoio con un gesto brusco.

Ma ora era tutto più chiaro; quel cedimento era la mia vittoria. Tutto quello che era uscito dalla sua bocca mi aveva sì sconvolta, ma in fondo era come se lo avessi sempre saputo. La notizia fondamentale era solo una: ciò che aveva detto combaciava con quello che Axel mi aveva accennato. E se Black Zane poteva viaggiare tra le dimensioni, poteva farlo anche Zane. Poteva riportarci indietro. E se io potevo aprire i varchi, Axel poteva chiuderli.

Ora era chiaro quale fosse il piano di Axel.

Mentre mi svestivo e mi ficcavo sotto la doccia, mi misi in contatto con lui.

CAPITOLO 12

Axel

M i ero sempre fidato ciecamente di Melissa, fino a quando mi aveva mentito. Per la seconda volta. Appena le avevo detto che mia madre, o meglio zia Karen (o Agrat, che dir si voglia), era sparita nel nulla, lei si era subito mostrata sicura su chi fosse il rapitore: Lucifero. E io le avevo creduto, senza alcun dubbio.

Pensavo che io e Cassy fossimo semplicemente Dormienti e che lei avrebbe utilizzato i nostri poteri per trovare sua nonna, mia madre e la madre di Jennifer, invece ci aveva messo tutti in pericolo.

Jennifer era riuscita a trovare Melissa e sua nonna, grazie agli indizi lasciati da sua madre prima di sparire. Si era messa quindi in contatto con loro, nella speranza di salvarla. Le aveva trovate da pochi giorni, quando i seguaci di Lucifero si erano presentati alla porta. Anche la nonna di Melissa era stata portata via, e proprio in quel frangente lei venne obbligata a stringere il patto con Lucifero.

Aveva trovato me per primo, poi la situazione aveva preso una piega inaspettata e si era sentita troppo in colpa per continuare a portare avanti la sua farsa. Avevo preso la prima pozione, che non aveva avuto alcun effetto. Dopo la sua confessione, ci eravamo lasciati e lei se n'era andata. Ero troppo arrabbiato per pensare a sua nonna o a chiunque altro.

Poi, quando anche Karen sparì, fui costretto ad andare dai Corebet.

E lì l'avevo perdonata per la prima volta.

Eravamo tornati insieme e mi ero proposto di prendere una seconda pozione, che a suo dire avrebbe dato un'ulteriore spinta a sviluppare i miei poteri, in modo da aiutarla. Mi spiegò che avrebbe dovuto prenderla anche Cassy, perché solo insieme avremmo potuto salvare le Generatrici. Aveva capito che eravamo fratelli ma non me l'aveva detto, forse perché non ne era sicura al cento per cento, o forse perché altrimenti non avrei mai permesso di mettere in pericolo la vita di mia sorella, se avessi saputo quale fosse davvero il piano di Melissa. Aveva semplicemente detto che, avendo una traccia magica simile, avremmo avuto più possibilità di successo.

E io avevo acconsentito, anche se così facendo avevo tradito mia sorella. Cassy mi aveva perdonato, forse perché aveva compreso il motivo del nostro gesto.

Ma poi avevo saputo la verità: voleva usare Cassy come esca. Sapeva che sbloccando i nostri poteri saremmo stati rintracciati da Lucifero, che voleva nostra madre, eppure lo aveva fatto lo stesso. Lo aveva fatto con me, o almeno così avevo creduto. Mi aveva dato la seconda pozione perché aveva deciso di usare solo mia sorella. Aveva bloccato i miei poteri e sbloccato i suoi, mettendo a rischio la sua vita e pensando di poterla passare liscia.

E ora, mentre mi guardava con quei suoi occhi grigi come l'acciaio da lontano, attendendo che io spiegassi cosa ci eravamo appena detti con Cassy, il mio cuore cedeva al suo richiamo. Sapevo che non sarei riuscito a rimanere arrabbiato con lei ancora per molto, ma aveva già tradito la mia fiducia per ben due volte, non potevo perdonarla.

Non potevo.

«Beh?» mi incalzò Sarah, facendomi sobbalzare.

Il contatto con Cassy era appena stato interrotto. Aveva capito quale fosse il nostro piano, ma non ero riuscito a rispondere, quando mi aveva chiesto come avessimo intenzione di metterlo in pratica.

Bella domanda. Nessuno al momento aveva una risposta chiara, solo ipotesi.

Spiegai ciò che ci eravamo detti e fummo punto e a capo.

La cosa positiva era che Zane era sano e salvo, per il momento. Cassy lo aveva aggiornato su tutto appena aveva potuto, e lui non vedeva l'ora di mettersi in moto.

Quello che mi preoccupava, piuttosto, era l'insana apprensione che mia sorella stava iniziando a sviluppare per Black Zane.

Da quando Melissa aveva sbloccato i miei poteri, sentivo Cassy molto più chiaramente, tanto da riuscire a percepire anche i suoi pensieri e sentimenti. Avevo paura che, nel momento di agire, lei avrebbe avuto dei ripensamenti. Non potevamo fare del male a Black Zane, ma comunque dovevamo bloccarlo in quella dimensione e chiudercelo dentro, impedendogli di tornare.

«Cassy ha capito la situazione da sola, ma non ha idea di come metterla in atto» dissi, sollevando molte questioni.

Sarah

Eravamo a casa di Cassy, diventata ormai il nostro ufficiale quartier generale. Il più devastato sembrava essere Derek, che non si capacitava ancora dell'uccisione di Zane e delle conseguenze che quel gesto aveva causato. Emanava un'asfissiante aura di senso di colpa e disperazione, ma mascherava alla perfezione le sue emozioni. Nessuno l'aveva notato, tranne me, e forse anche Mark, che ogni tanto gli lanciava dubbiose occhiate di sottecchi, come se si aspettasse di vederlo esplodere da un momento all'altro.

Mark era un mistero. Stava sempre in silenzio, e quando parlava era come se intorno a lui si creasse un alone misterioso, attraente, potente. Tutti ci zittivamo e pendevamo dalle sue labbra. Anche la sua aurea era un assoluto mistero. Era divisa esattamente in due strati: il primo, quello a contatto con il corpo, era di un bianco abbagliante; il secondo, a fare da contorno al primo, era del nero più assoluto. Mai vista una cosa del genere. Era impenetrabile, e i suoi sentimenti impossibili da leggere. Stessa cosa per i suoi pensieri che, a differenza di quelli degli altri, restavano un mistero. Inoltre era come se fosse invisibile al mondo intero, come se lui non desiderasse farsi vedere o sentire. Il bianco diventava più intenso quando era a contatto con Jennifer.

All'improvviso, Mark girò la testa e mi guardò. Avvampai e mi immobilizzai. Mi aveva sentita, ne ero certa, ma non sembrava infastidito, piuttosto incuriosito. Mi fissò a lungo, finché distolsi lo sguardo e tornai a concentrarmi sulla discussione del momento: come mettere in pratica il piano di salvataggio.

Quegli occhi neri come la pece mi ricordarono altri occhi, di colore diverso ma altrettanto freddi. Un flash del suo viso a pochi centimetri dal mio mi colse alla sprovvista e mi fece sobbalzare. Per fortuna, nessuno se ne accorse. Non potevo dire niente agli altri, la priorità era salvare Cassy e Zane. E poi, Evan non si era più fatto vivo da quel giorno, forse aveva desistito.

Peccato, mi ritrovai a pensare distrattamente. Era pericoloso, inaffidabile, antipatico, doppiogiochista.

Sì, ma...

Ma non mi aveva fatto del male. Aveva di sicuro ucciso, forse anche torturato, ma mi aveva lasciato rifiutare la sua *proposta* senza torcermi un capello.

Perché?

D'un tratto, la voce bassa e sommessa di Mark ruppe il chiacchiericcio. Non aveva bisogno di attirare l'attenzione o chiedere la parola, bastava che aprisse la bocca perché tutti istintivamente tacessero.

«Dovremmo chiedere aiuto al padre di Zane.»

Un silenzio interdetto ci avvolse come una coperta.

L'aura di Melissa si colorò di un giallo acceso.

Di nuovo il senso di colpa...

Ciò che mi sorprese di più, però, fu che anche quella di Jennifer prese un colore simile. Quelle due sapevano qualcosa che noi non sapevamo e che non avevano nessuna intenzione di dirci. Dovevo scoprire cosa fosse. Con Melissa non avrei cavato un ragno dal buco, forse avrei potuto provare a prendere Jennifer in privato e costringerla con le buone a vuotare il sacco...

«Che cosa c'entra il padre di Zane?» chiese secco Derek, con tono infastidito, l'unico che non mostrava alcun timore nei confronti di Mark. O meglio, ne aveva, ma sapeva mascherarlo molto bene. Chi meglio di lui era in grado di percepire il suo potere?

«Mark...» disse Melissa, quasi come se cercasse di ammonirlo.

Lui la guardò serio e non si fece scrupoli a parlare, neppure dopo che Jennifer l'afferrò dolcemente per un braccio. Sembrava che stesse cercando di fermarlo, ma non ci fu verso.

«Non crederete che il padre di Zane sia un semplice essere umano?»

I miei occhi si incontrarono con quelli di Derek.

Era il fratello di Evan.

Perché diavolo mi era tornato di nuovo in mente?

«Potresti spiegarci meglio?» azzardai, guadagnandomi un'occhiataccia di Melissa e uno sguardo di supplica di Jennifer, come se fossi loro complice e potessi intuire cosa volessero comunicarmi, oltre l'evidente senso di colpa.

«Zane è figlio di Lucifero» disse soltanto Mark, come se fosse la cosa più naturale del mondo.

Per un attimo nessuno disse niente, fu Derek a scattare in piedi per primo.

«Ma che assurdità! Lucifero è un angelo caduto! Come potrebbe essere suo figlio?» Poi si fermò a riflettere e aggiunse: «Anche se, se così fosse, tutto avrebbe un senso».

Mark annuì.

«Ma Lucifero è il nemico» osservai, e Mark puntò nuovamente il suo sguardo su di me.

«Se Mark dice che è così, allora è così» tagliò corto Melissa. «Quindi, cosa suggerisci di fare?» gli chiese. «Lucifero ha rapito le nostre madri e tua nonna... Come possiamo chiedere il suo aiuto?» insistei.

«Come diavolo fa Zane a essere figlio di Lucifero?» ripeté Derek, ancora incredulo.

«Basta, zitti tutti!» strillò Jennifer.

Jennifer

Conoscevo la verità. Dovevo aiutare Melissa a uscire da quella situazione scomoda.

Tutti pensavano che fosse Lucifero il cattivo della situazione, colui che aveva rapito le Generatrici per arrivare a Lilith, ma solo io, Melissa e Mark sapevamo che non era così... e non potevamo di certo sbandierarlo in quel momento ai quattro venti. Non capivo cosa fosse passato per la testa di Mark, ma sapevo che, quando aveva qualcosa da dire, era impossibile fermarlo. Ma se non si fosse fermato, avrebbe causato grossi danni. Non potevamo rivelare a tutti il nostro patto, o avremmo fatto una brutta fine prima dell'arrivo del giorno seguente.

E Mark ne era consapevole.

Melissa mi gettò uno sguardo disperato. Cercava di farmi segno di zittire Mark. Gli afferrai delicatamente un braccio con noncuranza, e forse recepì il messaggio.

«Non possiamo coinvolgere il diretto interessato, ma possiamo chiedere aiuto alla persona che lo conosce meglio di tutti» disse Mark, e Melissa fece un impercettibile sospiro di sollievo.

Sarah la fissava con interesse, ma lei non sembrava essersene accorta. Quella ragazza era molto più pericolosa di quanto apparisse.

«Mia madre» concluse Axel. «Ma non so come contattarla. È da giorni che i miei non si fanno vivi. E se fosse successo qualcosa?»

«Lo avresti sentito» lo rassicurò Melissa. Lui distolse lo sguardo da lei e lei si scurì un po' in viso.

«Potresti provare a contattarla telepaticamente» suggerì Sarah, guadagnandosi uno sbuffo divertito da Melissa.

«Axel può comunicare telepaticamente con Cassy perché sono un'unica persona, mica può farlo con tutti» sibilò acida.

«Potrei comunque provarci» disse Axel. Mark annuì nuovamente. «Ma se così facendo li mettessi in pericolo?»

«Non succederà» asserì Mark convinto, e ciò bastò per dare coraggio ad Axel di provarci.

Derek

Cassy è in pericolo a causa mia.

Mentre Axel tentava di mettersi in contatto con sua madre, avevo deciso di uscire a prendere una boccata d'aria. Una boccata d'aria che mi aveva condotto fino all'imbocco del viale alberato che portava al Siel Haless.

Cassy è in pericolo a causa mia.

Se solo non fossi uscito ogni notte per colpa di quello stronzo di mio fratello, mi sarei accorto di quello che stava accadendo nel mio appartamento, e ora che lo sapevo dovevo comunque fingere che non fosse così e reggere il gioco al mostro che avevo creato.

Morirà per colpa mia. Anche se in fondo è quello che voglio, non è così?

Mi passai entrambe le mani sul viso, fino ai capelli. Instinct vibrava dentro la mia tasca. Sembrava che non vedesse l'ora di trapassare il cuore di Cassandra da parte a parte. Eppure ci aveva aiutato con Black Zane. Perché? Perché aiutarci se tanto la voleva morta?

Perché devo essere io a ucciderla.

Ma che diavolo sto dicendo, qual è il mio dannato problema?

Mi ritrovai davanti al cancello della scuola. Quelle maledette siepi così alte impedivano la vista dell'edificio. Non avevo mai visto nessuno che le curasse, eppure erano sempre perfettamente ordinate. Talmente ordinate da darmi il voltastomaco. Non c'era mai una foglia fuori posto.

Strinsi con forza una delle sbarre del cancello, con il desiderio insano di strapparlo via dai cardini e dar fuoco a tutto. Quel posto era una fabbrica di cervelli lavati e strigliati a dovere secondo le direttive del *capo supremo*: il mio adorato padre, che ne raccontava di cazzate. E io ero costretto a fare lo stesso.

"I Dimidium devono essere tenuti a bada... o uccisi", ripeteva sempre ridendo, "o vuoi essere governato dalle bestie?"

Come aveva fatto Evan a schierarsi dalla sua parte? Come poteva credere che ciò che diceva fosse giusto, un esempio da seguire?

Evan, il fratello che, da ragazzini, se le prendeva tutte per difendermi, perché sapeva in qualche modo di essere il meno a rischio dei due, era sempre stato il favorito di mio padre; non gli avrebbe mai fatto così male da farlo fuori. Favore che non avrebbe certo riservato a me. Ed Evan lo sapeva. Ma poi era successo quello che era successo, e ora era l'esatta copia di mio padre.

Non riesco nemmeno a pronunciare il suo maledetto nome... Dianus, si chiama Dianus, almeno abbi le palle di pensarlo.

Rabbrividii.

Tutti credevano che io fossi un freddo calcolatore. Solo Sarah mi guardava con lo sguardo pietoso che si rivolge a un cane bastonato, e mi dava sui nervi. Ecco perché mi ero allontanato. Quello sguardo mi aveva fatto venire voglia di saltarle al collo e cancellarglielo per sempre.

Cosa sto diventando? Che mi succede?

I miei passi risuonavano nel plesso disabitato. Inconsciamente sapevo dove stavo andando, e sapevo anche che avrei dovuto tenermi alla larga, a quell'ora della notte. Black Zane poteva apparire da un momento all'altro. Ma non mi interessava. Se l'avessi incontrato, meglio così. Avrei portato a termine quello che avevo cominciato.

No, non potevo. Se lo avessi fatto fuori, Cassandra sarebbe rimasta bloccata per sempre in quella dimensione. Uccidere Black Zane significava condannare anche lei.

Mi venne in mente quando portai Zane alla British Library, in cerca di risposte sulla sua natura. Lo avevo praticamente portato nel covo della serpe. Che mi era passato per la testa? Davvero ero convinto che i Blazes potessero avere risposte su di lui?

Avevamo passato molto tempo insieme, sebbene provassimo un odio viscerale e ingiustificabile l'uno per l'altro. Ma mi aveva pregato di aiutarlo, e io avevo accettato. Quel giorno alla biblioteca, però, c'era mancato poco perché ci scoprissero. O almeno così avevo creduto; la presenza di Evan mi aveva fatto capire che eravamo stati scoperti eccome.

Ero stato un idiota a pensare che saremmo scampati alle attenzioni del Quartier Generale, visto che si trovava proprio all'interno di quella biblioteca, e visto che Zane non era un tipo da passare in osservato. Andare in giro con lui era come camminare con un riflettore puntato sulla testa.

Dai libri che avevamo trovato, tutto conduceva a una discendenza diretta con un angelo, ma addirittura Lucifero...

Chi poteva aspettarselo?

Quella rivelazione mi aveva dato modo di vedere le cose con più chiarezza, sotto una prospettiva diversa: e se fosse per quello che c'era così tanto astio tra noi?

Lui era il discendente diretto del rivale di Halessiel, e io ero un Blazes. Ciò non spiegava però perché solo tra noi ci fosse quella rivalità. Nessun altro Nephilim, che io sapessi, la provava. Evan ne poteva essere incuriosito, poteva vederlo come una potenziale arma in più per l'Ordine, così come mio padre, ma per il momento il suo obiettivo primario non era arruolare Zane. O magari Evan credeva fosse il mio scopo, che per una buona volta stessi facendo qualcosa di utile per l'Ordine; forse per quello non era intervenuto e non aveva detto niente di Zane a nostro padre: voleva gustarsi il mio fallimento, per poi proporsi di portare a termine ciò che io avevo iniziato.

Zane sarebbe già entrato a far parte dei Blazes, se non lo avessi trattenuto. Aveva manifestato il desiderio di rendersi utile per la comunità, senza sapere quali serpi nascondesse in seno l'Ordine. Non avevo potuto oppormi apertamente, sarebbe stato da incoscienti parlare male di *loro* in presenza di altre persone, perciò avevo puntato sul fatto che ci volessero anni per poter essere arruolati. Sarebbe servito prima un allenamento adeguato (che non aveva), uno spirito forte e una determinazione senza pari, oltre che un'indole molto ubbidiente. Nel mio caso, ad esempio, se non fossi stato il figlio del Comandante, la mia scarsa propensione all'ubbidienza cieca avrebbe messo fine alla mia vita già da un pezzo.

Zane alla fine aveva deciso di proseguire per la propria strada e allontanarsi da me e dal mio aiuto. Aveva detto di volerci pensare bene e capire se davvero avesse voglia di entrare così in profondità in certe dinamiche. Aveva smesso di cercare notizie sulla sua identità e sulle sue possibili capacità; l'avevo interpretato come una rinuncia alla sua idea di arruolarsi.

E mi era stato più che bene.

Non mi stava simpatico, ma non lo odiavo abbastanza da volere per lui una vita come la mia, se non peggio. Zane aveva molte più capacità e potere di qualsiasi altro Nephilim avessi mai conosciuto, e ne avevo compreso il motivo solo in quel momento. L'unica cosa sulla quale avevo avuto ragione da subito, era che lui non fosse un Nephilim, ma un Mezzangelo. Ciò lo rendeva superiore a qualsiasi Nephilim esistente, persino mio padre. Se mio padre avesse percepito una tale minaccia, non avrebbe avuto una attimo di esitazione nel tentare di farlo fuori il più presto possibile.

Ecco perché avevo modo di credere che mio padre ancora non sapesse nulla di lui, ma avesse mandato Evan con il solo scopo di arruolare qualche Dominante, o eliminarlo.

Dopotutto, era di dominio pubblico tra l'Ordine, che quell'anno scolastico pullulava di Dominanti. Erano troppi e troppo potenti per essere tenuti sotto controllo. Se solo Evan avesse saputo la verità su Zane, avrebbe già spifferato tutto a nostro padre, che avrebbe provveduto a tentare di portarlo tra le loro fila, o a eliminarlo in caso contrario. Lucifero era un nemico, e quale miglior vendetta di utilizzare suo figlio contro di lui o infliggergli una sofferenza enorme uccidendolo?

Quando arrivai davanti alla botola, da sopra provenivano rumori sommessi. C'era qualcuno in casa mia.

Black Zane non avrebbe mai fatto tutto quel casino. C'era solo una persona che si sarebbe comportata in quel modo, fregandosene altamente di tutto e tutti.

Aprii la botola e mi preparai a incontrare mio fratello.

CAPITOLO 13

Lilith

« Lucifero mente, è un bugiardo. Lo sai benissimo anche tu» continuava a ripetermi Samael, stropicciando con delicatezza spietata la lettera che Lucifero mi aveva lasciato. Dopo averla letta, non avevo avuto la forza di rileggerla ad alta voce per lui.

Il cuore mi si stringeva a ogni nuova piega che la carta prendeva tra le sue mani. Avrei voluto conservarla intatta, ma non volevo che Samael si accendesse di gelosia e fraintendesse il mio atteggiamento. Perciò trattenevo il respiro e metabolizzavo ciò che avevo appena scoperto, ammesso che fosse la verità. Doveva per forza esserlo: aveva dato la sua parola, e gli angeli non potevano non mantenere la parola data.

Eppure Samael sembrava così convinto...

«Sai che voglio solo proteggerti, non voglio che accada nulla di male a te o ai ragazzi. Ma lui... No, non possiamo fidarci. Non possiamo permettere che rientri nelle nostre vite e sconvolga l'equilibrio che ci siamo creati con sacrificio e dedizione per centinaia di anni.»

«Equilibrio, Nick? Ma di quale equilibrio parli? Al momento noi siamo qui, sulle tracce di Agrat dall'altra parte del pianeta, e i nostri figli sono a migliaia di chilometri di distanza, spaventati e confusi. E non sappiamo nemmeno se stanno bene, visto che non li sentiamo da giorni» sbottai.

«Lil, sai bene quanto mi dia fastidio che tu mi chiami con il mio nome da umano quando siamo da soli» mi ammonì dolcemente mio marito. «Comunque staranno bene. Contattiamoli ora, e vedrai che ho ragione. I poteri di Axel non si sono manifestati, quindi sono al sicuro.»

Sbuffai. La sua perpetua calma era stata uno dei fattori che mi avevano fatta innamorare di lui, ma a distanza di anni, cominciava a darmi sui nervi. La velocità di reazione era importante, non si poteva sempre ragionare e ragionare su qualsiasi cosa. Agire immediatamente spesso poteva rivelarsi la cosa migliore, così l'avevo sempre pensata.

«Spero che tu abbia ragione» risposi soltanto, e lui mi porse la mano. Anzi, mi porse il cellulare.

Axel rispose dopo soli due squilli. Sembrava che stava aspettando proprio la nostra telefonata.

«Zia Deb? Non ci credo, stavamo cercando di contattarvi telepaticamente proprio in questo momento» esordì Axel, generando non poca confusione tra me e mio marito.

Ci scambiammo uno sguardo preoccupato.

«Telepaticamente?» ripeté Samael cauto.

«Ah, giusto. Devo raccontarvi tante cose. Abbiamo bisogno del vostro aiuto, dovete tornare.»

Axel ci disse tutto: di Zane e Cassy, di Black Zane, dei suoi poteri, ogni cosa.

Quando smise di parlare, nessuno dei due riuscì a dire niente per trenta secondi che parvero un'eternità.

«Zia Deb? Zio Nick? Scusate, non sono abituato a chiamarvi mamma e papà, ancora. Ci siete?»

Era come se qualcuno avesse aperto una voragine sotto i miei piedi. Avevo migliaia di anni, ma mai nella mia lunghissima vita immortale avevo provato quella sensazione, nemmeno quando io e Lucifero eravamo stati costretti ad allontanarci. Il telefono tremava nella mia mano; o meglio, erano le mie mani a tremare con violenza. Le gambe mi cedettero, ma Samael mi afferrò al volo e raccattò anche il telefono, prendendo il controllo della situazione. Non saremmo mai riusciti a tornare indietro abbastanza velocemente. Sarebbe potuto accadere di tutto in quel lasso di tempo.

A meno che...

«Axel, mi senti? Sono... papà. Non fate niente di avventato, saremo lì nel più breve tempo possibile.»

Chiuse la chiamata senza dare il tempo a suo figlio di rispondere, ma io sapevo perché l'aveva fatto: non voleva che Axel lo sentisse vacillare. Aveva sempre rimpianto il non poter crescere anche lui, il suo unico figlio maschio.

Doveva dimostrarsi forte, un punto saldo a cui aggrapparsi. Stare al telefono con lui un secondo in più lo avrebbe costretto a mostrare le sue debolezze. Mi fece sedere su una sedia sgangherata. Christina si avvicino e mi posò una mano sulla spalla. Sobbalzai. Mi ero scordata della sua presenza.

«Mio fratello è in pericolo. E anche i tuoi figli. Io posso muovermi tra le dimensioni esistenti, ma non posso portare nessuno con me.»

«Non riusciremo mai a tornare indietro abbastanza in fretta. Abbiamo rinunciato praticamente a tutti i nostri poteri, quando siamo arrivati sulla Terra» dissi disperata.

Samael mi sorprese con due sole parole, che non avrei mai pensato di sentire uscire dalla sua bocca.

«Devi perdonarlo.»

Cassy

Quel lasso di tempo, in cui tutto era bloccato tranne noi, aveva concesso a Zane di rimettersi in forze.

Dovevamo agire subito: presto Black Zane si sarebbe accorto che qualcosa non andava.

«Quanto vorrei farmi una bella doccia calda...» Zane sospirò.

«Si sente» ammisi ridacchiando.

Gli passai la metà del panino che avevo conservato per lui. Lui la buttò giù in un solo boccone e fece una faccia contrariata. Era dimagrito parecchio; quel poco di avanzi che ero riuscita a portargli non erano di certo bastati a soddisfare la sua fame. E anche io non scherzavo: i vestiti mi pendevano addosso e le ossa iniziavano a sporgermi un po' ovunque. Anche Black Zane aveva notato il mio dimagrimento, e aveva iniziato a portarmi sempre più cibo. Non sarebbe passato molto prima di rendersi conto dell'inganno. Con tutta la roba che mi portava, sarei dovuta come minimo ingrassare di cinque chili.

«Grazie» sussurrò Zane all'improvviso, appoggiando la schiena alla colonna alla quale avrebbe dovuto essere legato.

«Per cosa?»

«Per esserci sempre, anche se ho fatto il testa di cazzo. Ma tu nemmeno scherzi, eh.»

Sorrise, quel sorriso dolce e malizioso che mi conquistava ogni volta come se fosse la prima.

Chiuse gli occhi e prese un grosso respiro, poi espirò lentamente, come se stesse assaporando qualcosa. Forse un ricordo.

Lo guardai: anche così, ricoperto di polvere e sangue, smunto e con i vestiti consumati e sporchi, rimaneva sempre incredibilmente bello.

Il cuore mi si strinse: quella notte ero certa che sarebbe stata l'ultima della nostra vita, se non fossimo riusciti a salvarci. Lui era troppo in forze e io troppo magra perché Black Zane non si accorgesse di nulla.

È l'ultima occasione che ho per dirgli tutta la verità.

«Zane» cominciai cauta, soppesando nella mia testa le parole con le quali avrei confessato tutto al mio migliore amico, «c'è una cosa che devi sapere.»

«Se vuoi dirmi che mi ami, lo so già» disse sorridendo, rimanendo con gli occhi chiusi.

Arrossii. Per fortuna aveva gli occhi chiusi, o mi avrebbe preso in giro finché sarei vissuta, cioè fino a quella sera stessa probabilmente.

«Smettila, scemo» risposi ridendo imbarazzata. Poi tornai seria. «Devo davvero dirti una cosa importante.»

Lui sollevò il busto e si drizzò a sedere, aprì gli occhi e si mise in ascolto. Cercava il mio sguardo, ma non riuscivo proprio a ricambiare. Avevo paura che si arrabbiasse, non volevo rovinare il nostro ultimo momento insieme. Ma doveva sapere.

Con un grosso respiro, presi più coraggio possibile e gli confessai della nostra notte al molo. E di cosa avevo fatto dopo, per cancellare ciò che c'era stato. La parte più semplice era andata, ora rimaneva quella più difficile: l'origine di Black Zane. Ma prima volevo aspettare la sua reazione. Non volevo caricarlo di troppe informazioni tutte in una volta.

Dopo qualche istante di un silenzio carico di attesa, lui finalmente disse qualcosa, anche se non era esattamente ciò che mi aspettavo.

«Beh... Spero che almeno io sia riuscito a soddisfarti» disse soltanto, con un tono che era una via di mezzo tra il serio e lo scherzoso.

«Tutto qui?» gli chiesi incredula. Come minimo mi aspettavo una trafila sul perché non avessi accettato i nostri sentimenti e avessi voluto cancellare tutto e cercare di dimenticare. Invece niente di niente. Mi sentii piuttosto delusa.

«Cay» cominciò lui, afferrandomi dolcemente una mano e portandosela al petto, «ti ho fatto una promessa. Intendo rispettarla. Siamo amici, migliori amici. Ora l'ho capito. Quello che è successo tra noi io non lo ricordo, perciò per me non è mai esistito. E di sicuro per te non è stato abbastanza importante, se hai deciso di cancellarlo. Sei come una sorella per me, e lo sarai sempre. E ti devo chiedere scusa.»

Quelle parole, che avrebbero dovuto rincuorarmi e tranquillizzarmi, in realtà mi fecero un male tremendo.

Era come se qualcuno mi avesse strappato il cuore dal petto e lo stesse affettando con un coltello ben affilato.

Perché fa così male? Era proprio quello che speravo che dicesse, che non si arrabbiasse...

«Scusa per cosa?» riuscii a dire, con un filo di voce spezzata. Stavo facendo di tutto per risultare impassibile o, ancora meglio, contenta delle sue parole, ma non sembrava funzionare.

Lui però non parve dargli peso e proseguì. «Per essere stato così insistente con questa cosa dei sentimenti. È stata colpa mia: ho scambiato il profondo affetto per te con l'amore. Ti ho stressato, lo so, devi perdonarmi. Ti chiedo scusa.»

Il mio sorriso stava facendo a pugni con il dolore inspiegabile che sentivo dentro. Era come se percepissi che, nonostante quelle fossero le parole che ero sempre stata convinta di voler sentire, io l'avessi perso per sempre. Faceva davvero male.

Ma c'era ancora la parte più difficile. Gli spiegai tutto, senza nascondere nessun particolare. Intanto cominciai ad avvertire la stanchezza del trattenere il tempo. Sapevo che non era dovuta all'utilizzo del mio potere, ma alla spossatezza che mi stava provocando affrontare quella discussione.

Quando terminai la rivelazione, Zane non sembrò particolarmente turbato, anzi. Annuiva in silenzio, come se avessi in qualche modo confermato un suo sospetto. E infatti, dopo qualche istante, disse qualcosa che mi lasciò esterrefatta.

«Non mi stava mentendo. Pensavo che fossero soltanto i deliri di un pazzo me stesso, consumato dall'oscurità. E invece è tutto vero.»

Si alzò in piedi e si erse in tutti i suoi quasi due metri, poi mi porse la mano per aiutarmi a rialzarmi. Mi sentivo sempre minuscola, di fronte a lui, ma adesso che ero denutrita l'effetto era ancora più prepotente.

«Cassy, quel sentimento che ero convinto di provare per te mi stava consumando, e l'altro me ne è la prova schiacciante. Sono contento di aver fatto chiarezza dentro di me, peccato che per l'altro me non ci sia ormai più nulla da fare per salvarlo. Sai, non provo odio nei suoi confronti perché capisco bene cosa lo ha ridotto in quel modo. Lui è la versione di me che ha ceduto al richiamo dell'ombra, quel richiamo che per tanto tempo ho tentato di mettere a tacere. È la versione di me che non ce l'ha fatta.» Sospirò, quasi affranto. «Mi spaventa, ma mi ha salvato. Mi ha mostrato cosa posso diventare e mi ha fatto capire che non voglio che accada.» Mi lasciò la mano e riprese le catene, pronto a mettere in scena per l'ennesima volta la sua farsa.

Proprio in quel momento, una luce abbagliante invase il piccolo monolocale. Mi coprii gli occhi con un braccio, avvicinandomi istintivamente a Zane, sorpreso quanto me.

Una figura si materializzò accanto al frigorifero: era un'ombra avvolta dalla luce, non si riusciva a scorgere nessun dettaglio. Zane si parò davanti a me, con fare protettivo. Poi una voce parlò, una voce che ero sicura che non avrei mai più sentito.

«Zane...» disse soltanto, ma bastò per far sì che il mio migliore amico crollasse in ginocchio, davanti alla figura misteriosa.

Mi portai una mano alla bocca e trattenni il respiro. Christina, la sorellina di Zane, era proprio davanti a noi, avvolta da una meravigliosa luce candida e contornata da uno splendido paio d'ali.

Axel

«Beh? Che hanno detto?» mi chiese Melissa, spezzando il silenzio venutosi a creare al termine della chiamata con i miei genitori.

Aprii la finestra, malgrado fuori gelasse, e mi accesi una sigaretta, l'ennesima. Presi la boccata più lunga che i miei polmoni mi concessero ed espirai lentamente, cercando di scacciare tutti i pensieri e le preoccupazioni insieme al fumo. Non funzionò, tanto per la cronaca, ma ritentai comunque. E ancora, e ancora.

Alle mie spalle sentivo il fermento dell'attesa di una risposta. Nessuno però osava incalzarmi. Tutti rispettavano i miei tempi, e quello mi rincuorava.

«Hanno detto soltanto che saranno qui al più presto» risposi, passandomi una mano tra i capelli, ormai tornati completamente del loro colore originale, e prendendo un'altra boccata di fumo.

«Tutto qui?» disse Melissa stizzita. «Dopo quello che gli hai raccontato, hanno detto solo questo?»

Schiacciai la sigaretta sul davanzale esterno della finestra e la gettai di sotto, poi mi voltai verso di lei, pronto a fronteggiarla. Mi stava davvero dando i nervi, non sopportavo più il suo atteggiamento antipatico e perennemente incazzato con il mondo.

«Sì, tutto qui, ci sono problemi?» quasi ringhiai, andandole contro proprio sotto al muso.

Lei sembrò meravigliata dalla mia reazione inconsueta, così come gli altri, che fecero tutti un passo indietro. Lei non indietreggiò, ma abbassò lo sguardo e tanto mi bastò.

«Scusa» sussurrò, talmente a bassa voce che per un momento pensai di essermelo immaginato. «Io, ecco, è solo che pensavo che ci avrebbero aiutati in qualche modo. Che ci avrebbero dato qualche consiglio» ammise. Il suo viso si tinse di un lieve rosa pallido, la sua rara versione dell'arrossire.

Era così bella che quasi mi dimenticai di essere incazzato con lei.

Mi allontanai dandole le spalle, tornai alla finestra e mi accesi un'altra sigaretta.

«Mi fido di loro. Se dicono che saranno qui al più presto, vuol dire che sarà così» conclusi.

«Tutta quella schifezza non ti farà male?» mi chiese Sarah, indicando la mia sigaretta a debita distanza.

Feci spallucce e continuai a fumare.

Mi venne in mente quando avevo detto a Cassy che non mi importava niente di mia madre, o meglio, di zia Karen. Sapevo che prima o poi sarebbe andata a finire male per lei, non c'era mai in casa, ero cresciuto praticamente da solo. Però le volevo bene. Volevo solo mostrarmi più forte di quanto fossi realmente. Anch'io volevo trovarla, salvarla, sebbene non fossi così attaccato a lei come avrei dovuto essere. Forse, in fondo, avevo sempre saputo che non era la mia vera madre. Il problema era che non *sentivo madre* nemmeno Deb. Tuttavia, anche se brutto da dire, non avere una madre non era un problema.

Non ti manca qualcosa che non hai mai avuto.

Non volevo che le accadesse qualcosa, ma non rientrava tra le mie priorità. Specialmente dopo aver scoperto che mi aveva mentito per così tanto tempo. Ero arrabbiato con lei, deluso. Non era mai stata una madre modello, non c'era mai stata per me, ma sapevo che mi voleva bene, in fondo, come io ne volevo a lei. Era probabile che l'avesse con me, visto che aveva dovuto dare via sua figlia per prendermi con sé. Forse mi vedeva come un nemico, anche se non avevo colpa. Non la biasimavo.

Mi piacerebbe stringere un vero legame con lei, un giorno, se mai dovessimo riuscire a salvarla. Non come madre-figlio, ma almeno come due persone civili.

Proprio in quel momento, qualcuno bussò alla porta.

CAPITOLO 14

Evan

Mio fratello sbucò dalla botola e mi trovò accomodato sul suo divano. La sua faccia corrucciata mi faceva sempre ricordare i suoi capricci da bambino. Che fosse già sul piede di guerra? Eppure ancora non sapeva perché ero andato a trovarlo.

Divertente.

«Che ci fai tu qui?» mi chiese con un'indifferenza che non mi aspettavo. Pensavo che come minimo avrebbe sfoderato la sua arma e mi sarebbe saltato al collo senza preamboli.

«Mmm, strano che tu non mi abbia già attaccato. Ti sei rammollito oppure provi dell'affetto per il tuo adorato fratellone? gli chiesi sarcastico, sorridendo soddisfatto alla sua espressione schifata.

«Che cosa vuoi?» domandò, infilando la mano in tasca.

«Ah! Ora sì che ti riconosco! Che ne dici di un bel duello di spade? Distruggiamo questa topaia che chiami *casa*» risposi, rimanendo comodamente seduto.

Derek sfilò cautamente la mano vuota dalla tasca e non disse una parola. Continuò a fissarmi fin quando finsi di cedere.

«Oh, e va bene, d'accordo. Ti dirò perché sono qui, *fratellino*. L'Ordine vuole la ragazza.»

Derek sbiancò e arretrò di un passo. Lo guardai con sospetto. Non era la reazione che mi sarei aspettato.

«Di chi parli?» mi chiese, ma era evidente che c'era già un nome impresso nella sua mente, e avevo dubbi che fosse lo stesso che avevo in mente io.

La ragazza dai capelli rosa, la figlia di Lilith, quella che avrebbe presto distrutto con le sue stesse mani grazie all'Obligatorium che mio padre aveva imposto a mio fratello, non era il mio bersaglio. Per il momento. Ma lui non lo sapeva. La sua reazione mi fece capire che stava cercando di opporsi al suo istinto di ucciderla. Non pensavo che sarebbe riuscito a reggere per così tanto tempo.

«Sai bene di chi sto parlando» risposi, tenendo in piedi il mio stesso gioco. Era l'altra ragazza che l'ordine voleva, non Cassandra.

Sarah. La splendida Sarah, che mi ricordava così tanto...

«Non ti permetterò mai di prenderla» ringhiò Derek.

«A proposito, sai dove posso trovarla? È da un po' che non la vedo in giro. Ti ha lasciato?» lo schernii, anche se nella mia domanda c'era un fondo di verità. Ero stato talmente distratto da... dagli impegni, che solo in quel momento mi resi conto che sia Cassandra che il suo amico gigante erano spariti già da un po'. «Fuga romantica con il biondone?» continuai, sperando che stuzzicarlo servisse a rivelarmi qualche dettaglio importante.

Anche quel ragazzo mi aveva incuriosito: aveva una strana potenza angelica che non ero riuscito a decifrare. Sarebbe stato sicuramente bene tra le schiere dell'Ordine. Forse il mio adorato fratellino aveva intenzione di redimersi agli occhi di mio padre arruolandolo? Li avevo visti trascorrere parecchio tempo insieme...

«Non sono affari tuoi» sibilò lui in risposta. «Se volete averla, dovrete prima passare sul mio cadavere.»

«Allora la cosa qui è seria... Ti sei già dimenticato di...»

Derek si scagliò contro di me e mi sferrò un gancio destro sullo zigomo. Il divano si ribaltò all'indietro e ci trovammo sul pavimento. Mi sfilai da sotto di lui, che si alzò velocemente da terra, e lo caricai come un ariete, inchiodandolo alla parete e poi colpendolo con un pugno allo stomaco che lo fece boccheggiare. La testata che mi arrivò sul naso mi fece per un attimo vedere le stelle, e bastò per non vedere arrivare il pugno in pieno petto che mi fece cedere le gambe.

Mi aveva proprio stancato. Quella storia sarebbe finita lì.

Lo afferrai per le gambe e lo tirai verso di me, facendolo cadere e sbattere la testa a terra. Mi misi a cavalcioni su di lui, gli afferrai i capelli e picchiai più volte la sua testa contro il legno del pavimento, poi lo bloccai al suolo schiacciandogli la gola con il mio braccio.

Con la coda dell'occhio, scorsi un lampo bianco alla mia sinistra. Afferrai la sua mano destra e la torsi con violenza, disarmandolo. Il furbetto aveva tirato fuori l'artiglieria pesante.

«Non sai batterti da uomo a uomo, non è vero? Sei solo un codardo, lo sei sempre stato. Un debole. E ora vuoi uccidermi?» gli dissi, a pochi centimetri dal viso.

Gli bloccai entrambe le braccia al suolo sotto le mie ginocchia e strinsi la morsa sul suo collo. Lo vedevo allungare la mano verso Instinct in forma di pugnale, troppo lontana per essere raggiunta. I suoi occhi diventavano sempre più spenti e lontani. Potevo sentire la vita defluire dal suo corpo, dal corpo di mio fratello.

Mio fratello...

Mollai la presa e lui prese un grosso respiro, prima di perdere i sensi.

Respirando affannosamente, mi sollevai da terra. Guardai il suo corpo inerme sul pavimento e per un attimo fui preso dall'istinto di togliergli la vita. Hatred vibrò furiosa nella mia tasca. Reclamava sangue.

Mi ricomposi e uscii. Raggiunsi la mia moto e montai in sella.

Cassandra era l'unica cosa che lo stava ancora tenendo ancorato al suo lato umano; era più importante di quanto pensassi, ora ne avevo le prove.

Ecco perché doveva morire.

Lilith

Lucifero era la nostra unica speranza; lui era il solo ad avere abbastanza potere angelico da riportarci immediatamente dai nostri figli, la chiave di volta nella storia dello Zane oscuro che mi aveva raccontato Axel.

Non riuscivo ancora credere a tutto quello che mi aveva detto, non poteva essere vero. Una versione malvagia di Zane che teneva la nostra Cassy in una dimensione alternativa creata dai poteri di mia figlia? Che storia era?

Zane, il figlio di Lucifero, poi... Come era possibile? E Margaret e Richard lo sapevano?

E Christina... Agrat... Troppe informazioni tutte insieme mi avevano sconvolta. Io, la Regina dei Demoni, come venivo ormai chiamata dagli angeli solo perché avevo osato oppormi al volere di Metatron di usarci come incubatrici ambulanti, non sapevo come reagire a tutte quelle situazioni.

«Tesoro, lo devi fare» mi incoraggiò Samael, accarezzandomi la schiena. «È la nostra unica speranza.» Nella lettera c'era scritto che bastavano due parole per far svanire la distanza tra noi. Dovevo perdonarlo, se volevo il suo aiuto.

Non ero mai stata certa che si fosse davvero trasformato in un mostro sanguinario: era sempre stato amorevole, gentile, coraggioso. In fondo al mio cuore, era da tempo che lo avevo perdonato. Dovevo solo trovare la forza di ammetterlo ad alta voce.

«Lucifero» sussurrai, poi alzai il tono per quanto ne fui in grado, «Io... ti perdono.»

La luce più calda e splendida che ricordassi, dai tempi in cui vivevo nella Volta, ci avvolse come il più candido dei mantelli, il più pregiato. Mi sentii subito amata, venerata, rassicurata.

Samael mi strinse al suo fianco e ci perdemmo in quel meraviglioso calore. Chiudemmo gli occhi e i nostri corpi vennero sfiorati da qualcosa di leggero e morbido, come...

Aprii gli occhi e lui era lì, maestoso come ricordavo, o forse ancora di più. Le sue immense ali erano intorno al nostro corpo, troppo grandi per essere contenute in quella stanzetta. I suoi capelli dorati rilucevano della luce del sole d'estate e gli occhi azzurri e limpidi ricordavano il mare. I suoi vestiti erano in contrasto con il resto, troppo umani, ma quando le sue ali si ritirarono e la luce svanì, nel complesso era perfetto. E in quel momento notai l'incredibile somiglianza con Zane. Non poteva non essere vero: era suo figlio senza ombra di dubbio.

«Lilith...» disse soltanto, rimanendo sul posto. Aspettava me, come sempre. Come da sempre.

Mi aveva rispettata. Lo aveva sempre fatto, e io avevo dubitato di lui. In quell'istante, sentii che aveva detto la verità su tutto.

Mi scostai delicatamente da mio marito, e lui mi fece un cenno d'intesa. Sentiva il mio bisogno e non mi giudicò, anzi, mi appoggiò, e per quello lo amai ancora di più.

Feci un passo verso Lucifero, poi un altro. Infine mi lanciai tra le sue braccia aperte e scoppiai in un pianto liberatorio. Il mio corpo mutò e tornò alle sue sembianze originali. Lui si strinse a me e mi accarezzò i lunghi capelli rossi, avvolgendomi con le sue braccia forti. Lo amavo, l'avevo amato e l'avrei amato sempre.

«Mia dolce Lilith» mi sussurrò all'orecchio, con la sua voce profonda e morbida che non avevo mai dimenticato. «Mi sei mancata come l'aria.»

Io, per tutta risposta, annuii e piansi ancora. L'amore che provavo per lui non era più un sentimento carnale, viscerale, ma era puro e indissolubile, e sapevo che lo stesso valeva anche per lui. Il nostro amore si era evoluto a uno stadio superiore, uno stadio che ci avrebbe permesso di amarci in eterno senza influire sulla nostra esistenza e le nostre relazioni.

«Ti amo» gli dissi sottovoce tra i singhiozzi, certa che Samael avrebbe capito.

«Ti amo anch'io» rispose lui, stringendomi ancora di più a sé.

Volevo che quell'abbraccio non finisse mai, ma avevo paura che, se non ci fossimo separati, ci saremmo persi per sempre. Mi concessi qualche altro secondo, poi dolcemente mi scostai e lo guardai negli occhi. Come avevo potuto non rendermi conto della somiglianza con Zane?

«Sei perfetta, proprio come ricordavo» mi disse lui, accarezzandomi il viso con il pollice, per poi separaci definitivamente.

Solo allora Samael si fece avanti, tornando al suo aspetto reale. «Ciao, Lucifero.»

«Ciao Samael, ti trovo bene.»

«Non credo ci sia altro tempo per i convenevoli» osservò Samael. «C'è una cosa che devi sapere. Si tratta di tuo figlio.»

Lucifero ascoltò tutta la storia, mentre io rimasi in disparte. Osservavo a distanza i due uomini della mia vita parlare tra loro, la sicurezza di Samael, lo sguardo corrucciato di Lucifero alle parole del primo.

Lucifero non interruppe mai Samael, agì soltanto quando quest'ultimo non ebbe più altro da aggiungere. Unì le mani come in preghiera, poi le aprì di scatto e allargò le braccia. Un portale si aprì di fronte a noi, che dava proprio sul vialetto di casa nostra.

«Andiamo, dobbiamo salvare i nostri figli.»

Derek

Quando ripresi i sensi, mi trovai sul pavimento di casa mia. Mi sentivo il viso bagnato e mi portai una mano al naso: sangue. Mio fratello mi aveva conciato per le feste.

Mi alzai trattenendo un gemito, e proprio in quel momento un portale si aprì nel bel mezzo della stanza.

Dovevo nascondermi, immediatamente.

Mi infilai in bagno e socchiusi la porta, sperando che Black Zane non si trattenesse a lungo. Quando apparì si guardò intorno stranito. L'appartamento era a soqquadro e c'erano spruzzi di sangue ovunque.

Dopo aver perlustrato con lo sguardo l'ambiente, decise di ritornare da dove era venuto e rientrò nel portale, che rimase aperto.

È la mia occasione.

Senza pensarci due volte spalancai la porta e mi slanciai verso il portale, ma una volta arrivato davanti esitai. Non capivo perché non si fosse chiuso. Vedevo Black Zane di spalle, immobile, come se fosse bloccato nel tempo. Il portale dava sull'ingresso dell'istituto, proprio davanti al portone.

Cassy. È opera sua. Quindi sta bene... Ma se entro mi bloccherò anche io e Black Zane si accorgerà della mia presenza. Però... se quando il tempo è bloccato il portale rimane aperto...

Devo avvertire Axel.

Provai a chiamare, ma nessuno rispose.

Lasciai perdere e corsi fuori, presi la macchina e partii a razzo verso casa di Cassy.

Potevamo sfruttare quel portale per raggiungere Cassy e portarla fuori da lì.

Arrivai davanti casa di Cassy e inchiodai, ma quando feci per scendere mi accorsi di tre persone davanti alla porta. E una era Zane. O Black Zane?

Li raggiunsi in un istante e afferrai Zane di spalle, proprio nel momento in cui la porta di casa si aprì. L'impeto con cui mi lanciai su di lui travolse anche gli altri due che erano alla porta, e tutti e quattro capitombolammo sul pavimento dell'ingresso. Lo afferrai per la collottola e caricai il colpo, ma quando stavo per colpire mi bloccai: quello non era Zane, anche se la somiglianza era impressionante.

«Non ricordavo fosse questo il modo in cui gli umani accolgono gli ospiti» disse il tizio sotto di me.

Lo lasciai andare e mi alzai in fretta, mentre tutti i presenti guardavano la scena senza parole. Axel stava aiutando la donna ad alzarsi. Era una bella donna con i capelli rossi, lunghi e mossi, e gli occhi gialli.

Non può essere...

L'altro uomo sembrava uscito da un incubo: aveva occhi e capelli talmente neri, da somigliare a macchie d'inchiostro.

Indietreggiai.

«Calmati, Derek» disse Axel, «non è come credi. Loro sono i miei genitori.»

L'uomo e la donna mutarono forma, diventando i genitori di Cassy, che avevo visto di sfuggita in un paio di occasioni. Zane mi aveva detto che si chiamavano Deborah e Nickolas.

Indietreggiai il più possibile, ma fui l'unico ad avere quella reazione.

Lo sapevano. Tutti sapevano la verità. Tutti tranne me. Persino mio fratello ero sicuro che fosse a conoscenza di ogni cosa. Ecco perché mi stava con il fiato sul collo. Ecco perché la voleva: perché era la figlia di Lilith. E l'uomo biondo... sembrava Halessiel, così era sempre stato descritto nei nostri libri. Ma qualcosa mi diceva che non fosse lui.

Tirai fuori Instinct, che prese subito la sua forma preferita di spada.

«Tu sei Lucifero» ringhiai, puntandogli l'arma contro.

Alle mie parole, tutti si misero sulla difensiva. Melissa lanciava sguardi indecifrabili a Jennifer, protetta da Mark, che l'aveva tirata dietro di sé. Sarah si era racchiusa in una sfera di luce rossa.

«Sì» disse lui, pacato. «E tu sei un Nephilim. Molto potente, anche.»

Non risposi, non capivo a che gioco stesse giocando. Credeva forse che lodandomi gli avrei risparmiato la vita?

«Derek» disse Lucifero, sollevando una mano in mia direzione, «so cosa ti è sempre stato raccontato dai Blazes, ma credimi: non sono io il tuo nemico. Io ho sempre amato l'umanità in ogni sua forma, compresi Dimidium e Nephilim.» Fece un passo verso di me, e io per tutta risposta sollevai la spada. «Io non sono il nemico di nessuno» aggiunse, guardando mia cugina e Jennifer.

«Cosa significa questa storia?» chiese Axel, scostandosi da sua madre. «Mel?»

«Non era lui ad aver rapito tua nonna, mia madre e la madre di Jennifer?» domandò Sarah a Melissa.

Lucifero sembrava aver percepito l'aria che tirava.

«Io non ho rapito nessuno, ma ora non è importante. Prima salviamo Cassandra e mio figlio, poi faremo luce anche su questa storia.» Le sue parole misero tutti a tacere.

«C'è un portale aperto a casa mia, quello che usa Black Zane per passare da una dimensione all'altra.»

Tutti spostarono l'attenzione su di me.

«Possiamo usarlo per portare fuori Cassy e Zane» disse Axel.

«Black Zane può sempre creare un altro portale, finché quella dimensione in cui esiste rimane aperta» osservò Sarah.

«Qualcosa dovrà trattenerlo all'interno di quella dimensione finché non verrà chiusa» intervenne Mark.

«Lui ha ragione» disse Lucifero. «Zane è molto più potente di quanto pensate, e ora che la sua parte oscura ha preso il sopravvento, lo è ancora di più. Utilizzare il passaggio aperto annullerebbe l'effetto sorpresa; dobbiamo aprirne uno più sicuro, all'esterno della scuola. Lo farò io. Voi due» indicò me e Sarah, «andrete a cercare

Cassy e Zane e li scorterete al portale. Voi tre» indicò Melissa, Jennifer e Mark, «vi preparerete a tenere impegnato con i vostri poteri Zane oscuro non appena vi darò l'ordine. Voi invece» guardò Axel, Deborah e Nickolas, «rimarrete all'esterno del portale, pronti a intervenire non appena tutti usciranno fuori. Axel, tu dovrai sigillare la dimensione non appena il portale verrà chiuso da me.»

«Ma io non so come fare» si lamentò Axel.

«Ti verrà spontaneo quando sarai con tua sorella, vedrai» lo rassicurò Lucifero.

«Ma a te che diavolo è successo?» osservò Melissa guardandomi da capo a piedi, dopo un breve momento di silenzio in cui tutti eravamo intenti a rimuginare sul piano di Lucifero.

Scrollai le spalle. «Evan.»

«Evan?» domandò Sarah, con un po' troppo interesse.

La guardai con sospetto.

«E perché tuo fratello ti avrebbe ridotto così?» continuò Melissa.

«Non è il momento per le questioni private» intervenne Nickolas. «Diamoci da fare. Ora.»

Deborah annuì. «Sento che sono in pericolo.»

«Preparatevi» disse Lucifero. «Ci troviamo tra un'ora esatta davanti ai cancelli dell'istituto.»

Melissa afferrò Jennifer e Mark e si teletrasportarono senza aggiungere altro, Sarah si lasciò cadere su una poltrona e Axel sul divano. Lucifero si congedò e sparì, mentre i genitori di Cassy ci chiesero se volessimo un caffè e, al nostro rifiuto, si rintanarono in cucina.

Jennifer

«Siamo fottuti, fottuti!» urlava Melissa, andando avanti e indietro per il soggiorno di casa sua da quando ci avevamo messo piedi pochi minuti prima.

«Calmati, Mel. Lucifero sembra un tipo piuttosto comprensivo. Vedrai che capirà la nostra posizione e perché ci siamo comport...»

«Ma che ne vuoi sapere tu!» gridò ancora più forte. «Non sei tu che stai rischiando la vita, non sei tu che hai fatto un patto con Halessiel, non sei tu quella a cui hanno ucciso tutti coloro a cui volevi bene!»

«Cosa stai cercando di dirmi?» le chiesi con sospetto.

«Melissa ci ha presi in giro. O meglio, non ci ha detto tutta la verità» si intromise Mark, con la solita pacatezza nella voce. Un luccichio negli occhi tradiva la sua calma.

I miei occhi saettarono da Melissa a Mark e viceversa.

«Mel?» dissi con un filo di voce, sperando che Mark si sbagliasse. Ma Mark non si sbagliava mai.

Melissa lo guardò con rabbia, ma un lampo bianco negli occhi di Mark le fece fare un passo indietro. Mark non lo dimostrava, era un tipo sempre molto tranquillo, ma... alla fine scoppiava. Non poteva succedere. Non era il momento.

Poggiai una mano sul braccio di Mark e lui si rilassò all'istante. Mi guardò con affetto, poi tornò a concentrarsi su Melissa.

«E va bene, d'accordo» proruppe lei, rompendo il silenzio. «Mia nonna non è l'unico motivo del patto. Mi sono documentata e ho trovato un libro che parlava dei poteri dei Dimidium Anima. Tra questi figurava anche il potere di riportare in vita i morti. Ho pensato allora di prendere due piccioni con una fava: sbloccando i poteri di Cassy avrei onorato il patto con Halessiel, ma avrei anche potuto usare i suoi poteri per riportare in vita mia zia.»

«Tua zia?» le chiesi scioccata.

Melissa era enigmatica, criptica e doppiogiochista, ma non avrei mai pensato che potesse nascondere qualcosa anche a me. Pensavo che la nostra alleanza, la nostra amicizia, mi rendesse immune da quel suo insopportabile atteggiamento. Poi pensai ad Axel: aveva mentito anche a lui, il suo grande amore, l'unico che era stato in grado di smuovere i suoi sentimenti. Se aveva mentito a lui...

«Sì. È morta per colpa mia. Evan voleva uccidermi, e lei si è messa in mezzo per proteggermi. I miei poteri si sono manifestati, e...»

«Ma mi hai sempre detto che è stato un caso...»

«Lo so quello che ho detto!» esclamò stizzita. «Ma la verità è questa, ora la sai. Volevo solo sistemare le cose.»

«Ma non c'è nessuna prova che qualcuno possa fare una cosa come riportare in vita i morti. E dubito fortemente che Cassy o Axel ne siano in grado.»

«Se c'è anche una sola possibilità, io ci devo provare.»

«Forse, una volta finita questa storia di Zane, Lucifero e gli altri ci daranno retta, ci capiranno e ci aiuteranno. Magari non andrà di merda come pensi tu.» Cercai di rincuorarla, ma ottenni l'effetto opposto.

«Ma dico, ce li hai gli occhi, o no? Hai visto come ci ha guardato? Lui sa tutto, Jen. Ogni cosa. Ci faranno a pezzi. Abbiamo ingannato chiunque...» Per la prima volta, la sua voce si ruppe e tremò. «Axel non mi perdonerà mai.»

«Se ti ama, capirà» le dissi con affetto, ma lei mi guardò con gli occhi iniettati di sangue e lacrime.

«Tu non capisci un bel niente, sei solo una stupida» sibilò, ma quello fu sufficiente per far sì che Mark si alzasse di scatto dalla sedia sulla quale era seduto, rovesciandola.

«Basta così» disse Mark in un soffio, e l'aria intorno divenne gelida. Nel vero senso della parola. Cristalli di ghiaccio e nebbia si sparsero tutt'attorno, avvolgendo il salotto in una morsa ghiacciata.

Melissa rabbrividì e iniziò a tremare, ma io non percepii alcuna differenza di temperatura, come se fossi immune al suo potere o se mi avesse tagliato fuori volontariamente. Le labbra di lei divennero viola e crollò al suolo, in preda ai tremori del gelo. Mark era in piedi sopra di lei, lo sguardo concentrato sul suo obiettivo e una freddezza glaciale negli occhi, che emanavano una luce bianca e calda, malgrado quello che stava facendo.

«Mark» sussurrai, ma bastò. Tutto finì velocemente com'era iniziato.

L'unica differenza era Melissa a terra, priva di forze.

Corsi da lei e l'aiutai a rialzarsi. Si lasciò aiutare, ma una volta in piedi distolse subito lo sguardo da me e da Mark. Percepivo la sua vergogna nell'essere così debole in confronto a lui. Non lo sopportava. La potenza era il suo vanto, e lui riusciva a schiacciarla senza alcuna difficoltà.

«Quando avete finito di fare i bambini, dobbiamo andare dagli altri. Ci staranno aspettando» dissi loro.

«Mel» aggiunsi, con tono più dolce possibile, «vedrai che Lucifero capirà.»

Lei mi guardò, sospirò, poi senza dire altro ci afferrò e ci teletrasportammo al punto di incontro.

CAPITOLO 15

Cassy

« Non è possibile...»
Ero troppo sconvolta da quello che stavo vedendo, non poteva essere reale. Eravamo forse morti entrambi ed eravamo finiti in paradiso? Eppure sembrava così tutto tristemente uguale...

«Christina... Chri, sei tu? Sei davvero tu?» balbettò Zane tra le lacrime, inginocchiato davanti a quella figura celestiale tale e quale a sua sorella, deceduta anni prima.

La luce era forte e calda, avvolgeva come un abbraccio e rincuorava lo spirito. Era reale, lo sentivo. Ma come poteva essere?

«Fratellone» disse l'angelo. La voce dolce di Christina vibrava nell'aria come un incantevole suono di campanelle angeliche. Riempiva l'ambiente e si espandeva intorno e dentro di noi.

Non era umana, era una creatura celestiale ed era lì davanti a noi per qualche strana ragione. Per una minuscola frazione di secondo mi sfiorò il pensiero che potesse trattarsi di una qualche sorta di trappola ma no, non era possibile. Era lei. L'istinto mi diceva di non avere paura e di fidarmi.

La luce si affievolì e le ali si richiusero, facendo sembrare Christina quasi umana. La ragazzina si avvicinò al fratello e gli sfiorò una spalla con la mano, facendolo sussultare, come se non si aspettasse che potesse toccarlo. Si guardarono con profondo affetto, finché lei disse soltanto due parole, le parole che il mio migliore amico aspettava da una vita e che era terrorizzato al pensiero di non poter sentire mai.

«Ti perdono.»

Zane singhiozzò sempre più forte, disperato. Afferrò la sua veste candida e la strinse a sé, piangendo tutte le lacrime del mondo. Lei gli accarezzava la testa e gli sussurrava parole dolci in un orecchio.

E io non riuscivo a muovermi. Riuscivo solo a guardare da lontano quel perfetto attimo di pace, di sfogo. Era la cosa più bella che avessi mai visto. Mi sentivo lontana da ogni cosa, estranea a tutto. Non esisteva più nient'altro se non quel momento di assoluta perfezione. Mi sentii appagata nell'animo, perché Zane si meritava il meglio che c'era al mondo e fuori dal mondo.

E fu proprio lì, di fronte a quella scena di completa apertura, di totale devozione, di messa a nudo della sua anima, che capii tutto.

«Sono felice di rivederti, Chri» le dissi, dopo che Zane si rialzò e si staccò da lei.

«Anche io» ammise lei, sorridendo a entrambi. «Sono qui per aiutarvi. Ce la fai a bloccare il tempo ancora per un po'?» mi chiese, e io annuii.

Vederla mi aveva fatto ritornare tutte le energie. Avrei potuto tenere il tempo bloccato per sempre. Ok, non proprio per sempre, ma sicuramente molto, molto a lungo.

Christina ci spiegò del piano di Lucifero, che era con i miei genitori, a casa mia. Che cosa assurda. Ma non disse altro, né cosa c'entrasse Lucifero con quella storia o con noi né perché volesse aiutarci. Ci chiese soltanto di fidarci di lei e di credere al fatto che non fosse lui il cattivo. Quello che avevamo sempre saputo era l'esatto opposto, ma non potevamo non fidarci di lei. Era sincera, lo sentivamo. Ci disse anche che avremmo avuto risposte complete a tempo debito e che ora dovevamo soltanto pensare a uscire indenni da lì.

Sarah

Eravamo arrivati al punto d'incontro da pochi istanti, quando Lucifero apparve davanti ai nostri occhi. Era veramente incredibile la somiglianza con Zane, e non c'entrava niente con le sembianze quasi scialbe con cui veniva raffigurato in quelle diapositive a lezione di CDE. Già, le lezioni. Sembravano passati secoli, e non solo un paio di settimane.

Derek continuava a lanciarmi occhiate sospettose, ma non ne capivo la ragione. Che avesse a che fare con Evan? Aveva forse saputo della sua richiesta?

Ero contenta che non si fosse più fatto vivo, dopo quella notte. Speravo vivamente che avessero rinunciato a me, però...

«Ok, tutti pronti» disse Lucifero. «Appena aprirò il passaggio entreremo tutti tranne Li...» si schiarì la voce, «Deb, Nick e Axel. Qualcuno ha già comunicato il nostro piano a Cassandra e Zane, quindi loro sono già informati.»

«Chi?» domandò Melissa, ma non ottenne nessuna risposta.

Lucifero unì le mani di fronte a sé e poi le separò lentamente. Nel centro si formò come una sorta di taglio nell'aria, che via via si espanse fino a diventare a grandezza d'uomo. Guardando oltre, s'intravedevano i cancelli del Siel Haless, avvolti da un cielo lugubre e un'aria statica e carica di tristezza. «Derek, Sarah, siete i primi. Una volta dentro, verrete raggiunti dalla mia aiutante, che vi scorterà da Cassy e Zane. Poi entreremo noi e ci prepareremo.» Derek mi guardò e mi fece un cenno di incoraggiamento. Ero proprio curiosa di sapere chi fosse l'aiutante di Lucifero. «Non fate rumore, muovetevi cauti e furtivi. Non attirate l'attenzione, a quello dobbiamo pensarci noi. È vero che il tempo lì dentro è bloccato, ma non sappiamo quanto Zane oscuro riesca a fare resistenza, quindi meglio che non si accorga della vostra presenza. Forza» concluse Lucifero, incitandoci a entrare.

Derek andò avanti per primo, oltrepassando il portale senza alcun timore. Avrei tanto voluto il supporto di Cassy in quel momento, della mia migliore amica, quella che avevo tradito. Non le avrei mai chiesto scusa abbastanza, ma forse salvarle la vita poteva essere un buon punto per ricominciare.

Seguii Derek all'interno del portale.

«Chissà dove sarà Black Zane» esordì Derek, quando fummo entrambi davanti al cancello in ottone.

Il cancello era socchiuso, bastò una lieve spinta per aprirlo abbastanza da poter passare.

«Secondo te, chi dovrebbe venire a...»

Non feci in tempo a finire la frase che una ragazzina comparve davanti ai nostri occhi. Per poco non cacciai un urlo a pieni polmoni, e il viso pallido di Derek mi confermò che non ero stata l'unica a essersi presa un colpo.

«Scusatemi» disse la ragazzina vestita di bianco, «avrei dovuto avvertirvi. Ma siete stati bravi a non urlare» ridacchiò divertita. La sua voce aveva un che di...

«Tu sei un Angelo» osservò Derek, incredulo ma non abbastanza. Dopotutto era stata mandata da Lucifero in persona, non c'era più molto da meravigliarsi.

La ragazzina annuì. «Vi dirò dove sono Cassy e Zane, ma dovete fare presto. Cassy è già da troppo tempo che, ehm, *trattiene il tempo*. Ormai Black Zane se ne sarà accorto e starà facendo di tutto per liberarsi. Sono a casa tua» concluse l'angelo, poi sparì.

«A casa tua?» ripetei confusa, ma Derek partì spedito, facendomi capire che non avesse alcun dubbio su dove fossero.

«Derek, rallenta!» gli sussurrai correndogli dietro, «Potrebbe esserci qualcun altro qui, oltre Black Zane. Non ci hai pensato?»

Derek si fermò di colpo. «In verità, no.»

Cominciò a camminare con più attenzione, in silenzio, fino ad arrivare al portone principale, davanti al quale si fermò.

«Cosa mi dici di Evan?» mi domandò a bruciapelo.

Mi voltai di scatto e lo guardai scioccata. «Che c'entra Evan?»

«Sembra che il suo nome non ti sia indifferente. Dimmi la verità. Sarah, Evan è pericoloso. È...»

«So badare a me stessa, ma ti ringrazio per l'interessamento» gli risposi, molto più fredda di quanto in realtà volessi.

Sapevo bene che Evan non fosse un bravo ragazzo, e che mi aveva ricattato e minacciato di morte. Non c'era bisogno che qualcun altro me lo ricordasse.

«Sarah» ricominciò Derek, più cauto, «te lo dico perché ho paura che lui possa aver *proposto* a Cassy di entrare nell'Ordine. Io non voglio che le accada nulla di male, non se lo merita.»

«Certo, lo capisco. Ma non credo sia successo niente del genere, puoi stare tranquillo.»

«Come fai a esserne così sicura? Tu e Cassy avete litigato, magari non ti ha detto proprio tutto.»

«Fidati, non è lei quella che l'Ordine vuole» dissi d'impeto, per poi maledire la mia dannata boccaccia.

«Allora sei tu la Dimidium che stanno cercando di reclutare?» mi chiese Derek sorpreso. Nella sua aura percepivo anche del sollievo. *Sollievo.* Come se io fossi sacrificabile.

Per non rispondergli male, feci qualche passo avanti e spinsi il portone d'ingresso, che si aprì cigolando. Lui mi seguì all'interno dell'edificio.

Camminammo in silenzio per un po', ma la mia testa era sopraffatta da quel sentimento di sollievo che era provenuto da Derek. Mi sentii insignificante.

Sacrificabile.

«Scusami» disse a un tratto Derek, nell'aura un misto di pentimento e vergogna. «Sono contento che non sia

Cassy il bersaglio, ma non voglio nemmeno che lo sia tu, né nessun altro. Evan è solo una pedina nelle mani dell'Ordine e di mio padre. Una pedina spietata, però.»

«Non ti preoccupare, non ho intenzione di accettare il loro gentile *invito*.»

«Ma ti uccideranno» disse Derek, proprio mentre superavamo il primo piano. Di Black Zane o di eventuali complici nemmeno l'ombra.

«Meglio morta che lavorare per degli assassini» risposi convinta, rendendomi conto subito dopo che nel conteggio era incluso anche lui. «Non volevo dire che...»

«Siamo pari» concluse Derek sorridendo. «Una volta finita questa storia, ti aiuterò a uscire da questa faccenda, promesso.»

«Davvero, so cavarmela da sola. E poi non credo che Evan sia davvero così cattivo come sembra» mi lasciai sfuggire.

«Non scherzare con il fuoco.» Derek tornò serio. «Non lo conosci quanto me, non sai con chi hai a che fare.»

«So bene come è fatta un'aura malvagia, e la sua non lo è. Non del tutto, almeno. Anche tu hai fatto del male, eppure non sei cattivo.»

«Io e mio fratello siamo due mondi a parte.»

«Già» risposi, svoltando l'angolo che dava sulle scale del terzo piano.

E lui era lì, quasi immobile. Quasi. Si muoveva con una lentezza a malapena percettibile. Black Zane stava opponendo resistenza.

Derek mi tirò indietro per un braccio e tirò fuori la sua pietra, che subito divenne una spada di luce.

«Dobbiamo passargli davanti con cautela» mi sussurrò, e io scossi la testa.

«Ci vedrà in ogni caso, non ci sono punti ciechi. Potremmo fare il giro e usare la scala esterna di servizio» proposi.

Derek mi guardò con un sorriso soddisfatto stampato in faccia. «Non sei da sottovalutare, Cohen.»

Melissa

Ci eravamo nascosti tra i cespugli e i muretti dell'ingresso dell'istituto. Dovevamo solo aspettare che gli altri si facessero vivi.

Continuavo a gettare occhiate a Lucifero, il portatore della Conoscenza Divina, il consigliere di Metatron, appostato dietro a una colonna. La situazione mi avrebbe anche fatto ridere, se non fosse che, appena finita quella storia, l'avrei pagata cara.

Il senso di colpa era così opprimente da mozzarmi il fiato. Ma io l'avevo fatto solo a fin di bene: volevo salvare mia nonna e riportare in vita mia zia, non era mia intenzione fare del male a nessuno. L'aria era carica di tensione e non volava una mosca. Nel vero senso della parola. Era tutto immobile. Riuscivo a sentire il fastidioso respiro di Jennifer, nascosta a più di venti metri di distanza. Se avesse continuato in quel modo, ci avrebbe di sicuro fatto scoprire.

«Respira più piano, cazzo» borbottai sottovoce, e lei parve sentire, perché quel rumore fastidioso smise all'istante.

Quando una mano mi si posò sulla spalla, trasalii e saltai indietro, in posizione difensiva. Lucifero era proprio lì, a due passi dalla mia faccia. Mi fece cenno di fare silenzio e mi tirò giù, accovacciandosi poi accanto a me.

«Hai combinato proprio un bel casino, lo sai vero?» mi sussurrò, così piano da risultare quasi impercettibile.

Non sapevo cosa dire, ero sicura che niente sarebbe bastato a giustificarmi, nemmeno le centinaia di valide motivazioni che mi ero preparata nella testa per tutto il tempo. Perciò rimasi immobile.

«Non ho detto a nessuno che sei tu quella che ha stretto un patto con Halessiel. So cosa significa essere emarginato per una brutta reputazione. Non te ne faccio una colpa.»

Mi voltai a guardarlo: assomigliava in maniera impressionante al gigante biondo di mia conoscenza, ma nei suoi occhi c'era la saggezza più profonda che avessi mai visto.

«Si può sempre rimediare alle nostre azioni, è quello che sto cercando di fare da tutta la vita. Penso che ci sia sempre tempo per redimerci» aggiunse.

Mi appoggiò una mano sulla spalla e capii cosa volesse dire: non ne avrebbe parlato con nessuno, ma io dovevo fare il possibile per porre rimedio alle mie azioni. Lo avevo fatto passare per l'essere malvagio che non era, e avevo messo in pericolo Cassy.

Lucifero concluse con una frase che mi lasciò spiazzata: «E sappi che niente è in grado di far tornare i morti indietro. Loro ora sono nel posto che gli spetta, e niente e nessuno li può smuovere da lì. Ma tranquilla, la rivedrai quando un giorno la raggiungerai. Ma non è colpa tua, questo devi saperlo».

Le lacrime mi punsero gli occhi. Tutto quello che avevo fatto era stato inutile. Avevo compiuto delle cattive azioni sperando di trovare assoluzione nella ricompensa, ma non esisteva nessuna ricompensa. Zia Rose non sarebbe mai tornata, e io sarei rimasta per sempre un'assassina, anche se lui diceva il contrario. Era colpa mia se era morta, non ero stata in grado di controllarmi; era solo colpa mia, e niente avrebbe potuto rimediare al mio errore.

Trattenni un singhiozzo rumoroso e mi morsi le labbra fino a sentire sulla lingua il sapore del sangue. Avevo fatto del male invano. Avevo fatto del male a chi non mi aveva fatto niente, anzi, mi aveva accolto come pochissimi nella mia vita. Axel, Cassy, Derek, Jennifer... avevo deluso tutti.

«Io...» riuscii a dire tra le lacrime, ma Lucifero non era più accanto a me. Era tornato dov'era prima, e mi sorrideva comprensivo da lontano.

La *pena* era il sentimento che più disprezzavo in assoluto. Preferivo che mi odiassero, piuttosto, ma fare pena mai.

Mi asciugai con veemenza le lacrime, macchiandomi di mascara tutto il viso, ma non mi importava. Avrei dato tutto per quella missione di salvataggio, il massimo e oltre. Cassy non si meritava quello che le era successo per colpa mia, e nemmeno Zane. Se non avessi attivato i suoi poteri, probabilmente in quel momento sarebbe stata sul divano a casa sua, tra i suoi adorabili genitori; in compagnia del suo migliore amico, di suo fratello e di una gigantesca cioccolata calda con piccoli marshmellow bianchi galleggianti al suo interno.

E sarebbe stata felice.

E anche Axel.

Tutti sarebbero stati molto più felici, se non mi avessero conosciuto, se non mi fossi infiltrata a gamba tesa nelle loro vite e non avessi usato chiunque incontrassi solo per gli affari miei.

Mi sistemai meglio dietro il cespuglio. Quella era l'occasione perfetta per rimediare a tutto il male che avevo fatto.

Cassy

«Presto quest'incubo finirà» dissi a Zane, cercando di rassicurarlo.

«Essere bloccata qui con me ti fa così schifo? Scusa tanto» ironizzò lui, per poi passarmi un braccio intorno alle spalle.

Eravamo seduti sul pavimento da un po', in attesa che arrivassero gli altri e ci portassero via da lì. Rivedere Christina ci aveva lasciato senza parole, ma Zane sembrava un'altra persona. Era tornato lo Zane di prima della sua morte, e quell'ombra scura perennemente ancorata sul fondo dei suoi occhi si era dissolta. Ricevere finalmente il perdono di sua sorella era stato il regalo più grande che la vita potesse fargli, e anche il più inaspettato.

«Quando torneremo a casa voglio sfondarmi di pizza» aggiunse, «con te, ovviamente» precisò, con il sorriso stampato sulle labbra.

Le farfalle invasero il mio stomaco, che si contorse piacevolmente. Proprio ora che aveva messo a tacere i suoi sentimenti per me. «Contaci» gli risposi, appoggiando la testa sulla sua spalla.

«Cay» disse lui sottovoce, «grazie. Se non mi avessi trovato, sarei morto qui.»

«Ne dubito.»

Un tonfo sordo annunciò che la porta della botola era stata nuovamente scardinata. Il mio corpo si tese come una corda di violino e l'adrenalina iniziò a correre su e giù dai capelli ai piedi.

Era Black Zane o i nostri salvatori?

Entrambi scattammo in piedi, pronti a fronteggiare qualsiasi minaccia, ma la testa castano dorato di Derek fece capolino dalla buca e tirai un enorme sospiro di sollievo.

Quando fece il suo primo passo in quella che doveva essere casa sua, non mi trattenni più. Non sapevo da quanto tempo avevo iniziato a considerarlo così famigliare, così importante. Ma lo era.

Corsi da lui e mi gettai tra le sue braccia, stringendolo a me come se avessi paura che non fosse reale. Ma lo sentivo, era lì, e ci avrebbe portato via.

«Sei qui...» mormorai contro il suo petto.

Lui mi strinse un po' più forte e mi fece capire che sì, lui era lì, era davvero lì.

Non se ne sarebbe andato senza di me.

Respiravo affannosamente, sull'orlo di una crisi di pianto che non mi potevo permettere, e con il cuore che batteva all'impazzata nel petto. Derek mi sollevò dolcemente la testa, mi scostò una ciocca di capelli dal viso e la sistemò con cura dietro il mio orecchio. Mi guardò dritto negli occhi.

«Andiamo a casa» disse soltanto, ma mi bastò per ritrovare la forza e non crollare proprio sul più bello.

Per un attimo mi ero sentita al sicuro, protetta. Annuii e mi scostai da lui, giusto in tempo per vedere Sarah che si separava da un abbraccio con Zane.

Quella scena mi riportò bruscamente alla realtà: lei era lì, quella che doveva essere la mia migliore amica e che mi aveva tenuto nascosta la sua relazione con il mio migliore amico.

Poi mi ricordai che non era Zane quello che lei aveva baciato, ma Black Zane. Comunque significava che lei provava dei sentimenti per lui e non me ne aveva voluto parlare. Pensava forse che non avrei capito? Che le avrei impedito di stare con lui, se anche lui avesse voluto?

Zane era abbastanza grande e grosso da decidere per sé, e sarebbe comunque rimasto il mio migliore amico, qualunque cosa fosse successa.

«Ciao, Cassy» mi disse Sarah, facendo un passo verso di me con evidente imbarazzo.

Era il momento di decidere se mettere una pietra sopra oppure tenerle il broncio.

Non ce la feci, fu più forte di me. Mi sentivo tradita da lei, avevo riposto estrema fiducia nella nostra amicizia e lei non era stata sincera con me. Mi aveva ferita più di ogni altra cosa.

Feci un passo indietro, degnandola di un solo e unico cenno con la testa in risposta. Lei parve restarci molto male, ma cercò di far finta di niente.

«Ci aspettano in cortile per uscire dal portale e chiudere la dimensione» disse, rompendo il gelo che si era venuto a creare. «Dobbiamo sbrigarci, però. Black Zane sta facendo resistenza.»

Ci mettemmo subito in marcia, passando dalla scala di servizio esterna, e in men che non si dica raggiungemmo il cortile. Tutto era immobile, non vidi nessuno ad aspettarci. Stavo quasi per temere il peggio, quando la copia esatta di Zane, ma più adulta, sbucò da dietro una colonna.

«Che diavolo significa?» disse il mio migliore amico, tirandomi dietro di sé con fare protettivo. «Chi sei?»

«Io sono Lucifero, ma adesso non abbiamo tempo per le spiegazioni, dobbiamo raggiungere il portale» rispose, e alle sue parole vennero fuori tutti gli altri dai loro nascondigli.

C'erano Melissa, Jennifer e Mark, ma nessuna ombra di Axel. Lui poteva anche essere Dio in persona, ma a me interessava soltanto di mio fratello.

«Dov'è mio fratello?»

«Tuo fratello avrà l'arduo compito di chiudere questa dimensione non appena saremo tutti fuori. Perciò andiamo, anche i tuoi genitori ti aspettano.»

«Non così in fretta» disse una voce familiare a poca distanza da noi.

Black Zane avanzava verso di noi, quasi del tutto libero dal vincolo del tempo bloccato. Era davanti al portone di ingresso e i suoi occhi emanavano un'inquietante luce azzurra, la stessa che si era manifestata il giorno in cui aveva fatto la strage.

«Non andrete da nessuna parte» aggiunse, «non ora che ho quasi raggiunto il mio obiettivo. Non potete!» ruggì, generando una potente onda di energia che ruppe definitivamente il blocco del tempo.

Le forze mi abbandonarono di colpo e le gambe cedettero. Se i riflessi tempestivi di Derek non fossero intervenuti, avrei preso una bella botta. Mi sentivo stordita e la testa mi girava, ma percepii anche che ero in grado di recuperare le forze molto più in fretta di prima. Il legame che avevo con Axel era la chiave del nostro potere e della nostra energia.

«Cassy, stai bene?» mi chiese Derek, sorreggendomi con un braccio e aiutandomi a rimettermi in piedi.

«Sì, sto bene. Non preoccuparti.»

«Oh, ma quanto siete carini!» ringhiò Black Zane verso di noi. «Ora giù le mani da lei, bastardo di un Nephilim. Lei è mia, non hai alcun diritto di toccarla.»

La sua voce era talmente potente da far tremare la terra. Si levò un vento impetuoso, che ci schiaffeggiò con foglie volanti e detriti provenienti da ogni lato.

Melissa scagliò contro Black Zane un fascio di energia bluastra, che gli bloccò mani e gambe, mentre Sarah lo avvolse con un'onda rovente. Ma Black Zane si liberò con estrema facilità da ogni cosa. I nostri poteri non sarebbero serviti a nulla.

Non volevo che gli facessero del male, lui era... In fondo era solo Zane...

«Cassy, ti prego...» gridò Black Zane, lasciandosi colpire dai nostri attacchi inutili senza reagire. «Lo sai che non ti farei mai del male...»

«Dobbiamo tornare al portale, ora!» urlò Jennifer, ma non potevamo andare proprio da nessuna parte, se prima non avessimo trovato il mondo di fermare Black Zane e impedirgli di seguirci.

«Lo tengo impegnato io, non c'è altra scelta» disse Lucifero, generando dal nulla due lame fatte interamente di luce bianca e accecante. «Derek, scortali al portale. Affido a te la responsabilità di tutti.»

«Cassandra! Lo sai che quello che ci unisce è reale, non puoi negarlo!» Black Zane continuava a supplicarmi, paralizzandomi sul posto.

Come posso abbandonarlo?

Derek annuì e ci fece cenno di seguirlo, mentre Lucifero si scagliò contro Black Zane.

«NO!» urlai a pieni polmoni, ma mi resi conto che Lucifero parava soltanto i colpi di Black Zane con le lame, cercando di spingerlo indietro e impedirgli di raggiungerci. Non attaccava. Non voleva fargli del male.

«CASSY!» urlò Zane, il vero Zane, e io mi riscossi dalla trance e mi voltai per raggiungere gli altri, gettando un ultimo sguardo alle mie spalle.

Il suo sguardo supplice mi stava scavando una voragine dentro, ma le mie gambe si mossero per me.

Cominciammo a correre a perdifiato verso gli alti cespugli del corridoio che portava al cancello, mentre i rumori della battaglia facevano da sottofondo. Mi sentivo come se tutto quello che stava accadendo non fosse reale e da un momento all'altro mi sarei svegliata.

Una strana elettricità statica si diffuse nell'aria, e i capelli iniziarono a danzarmi intorno alla testa. Era come se tutto fosse avvolto dalla corrente. La sensazione era la stessa di quando si prende una piccola scossa, ma espansa su tutto il corpo.

Il primo fulmine cadde a pochi metri da me. Non c'era il tempo per avere paura, accelerai disperatamente come gli altri, mentre il cuore pompava adrenalina insieme al sangue e all'ossigeno.

Se ci colpisce uno di questi è finita, pensai, poco prima che un altro fulmine mancasse Jennifer per mezzo metro. Il fumo e la puzza di bruciato stavano invadendo l'aria attorno a noi, rendendo ancora più difficile evitare i fulmini che aumentavano di frequenza, fin quando iniziò una vera e propria tempesta.

Ne sarebbe stato capace anche Zane?

Quando arrivammo davanti al corridoio erboso, trovammo una brutta sorpresa: l'elettricità statica e la pioggia avevano avvolto le siepi, creando un vero e proprio campo elettrico. Se avessimo messo un piede là dentro, saremmo morti fulminati all'istante.

«Jennifer!» urlò Melissa avvicinandosi a lei. «Crea un dannato campo di forze!»

Jennifer non se lo fece ripetere due volte ed evocò un campo di forze, che ci inglobò tutti. «Non reggerà per molto!» ci avvisò.

«E allora sbrighiamoci a uscire di qui!» ringhiò Melissa in risposta.

Ricominciammo a correre più velocemente di prima. In testa Derek a guidarci, seguito a ruota da Sarah, Mark e Jennifer. Poco più indietro c'erano Zane e le sue lunghe falcate. Melissa mi superava solo di pochi passi e io ero l'ultima. Avevo come il sospetto che potesse andare molto più veloce di così, ma non lo stesse facendo di proposito.

Non ne compresi il motivo finché non fummo quasi fuori dal corridoio erboso, trasformato in campo elettrico. Lo avevamo superato quasi tutti, mancavamo solo io e Melissa.

Quello che successe dopo lo vidi a rallentatore, come se qualcuno si fosse divertito ad attivare la funzione *slow motion* nel mio cervello.

L'ennesimo fulmine si abbatté sul campo di forze di Jennifer, creando un buco che si allargava a una velocità impressionante. Gli altri erano al sicuro, ormai fuori dal campo elettrico e dalla portata dei fulmini, solo io e Melissa eravamo per pochi metri ancora là dentro.

Melissa si fermò e si girò verso di me con gli occhi pieni di terrore, ma anche sicurezza. Io la sorpassai correndo, non capendo le sue intenzioni.

Non ce l'avremmo mai fatta: il campo di forze era quasi del tutto sgretolato, mancavano soltanto pochi centimetri. E lei non si muoveva. Correvo guardando indietro, verso di lei. Mi sorrise.

«MELISSA!» gridai con tutto il fiato che avevo nei polmoni, e lei per tutta risposta sollevò le mani e generò un'onda d'urto che mi spinse fuori dal campo elettrico pochi istanti prima che il campo di forze svanisse del tutto.

Atterrai sul terreno davanti al cancello. Mi voltai e Melissa era lì, a terra, avvolta dalla corrente e da una massa di capelli corvini. Il sorriso ancora sulle labbra, i suoi occhi colore del metallo spenti e fissi nel vuoto.

«No. No, no, no...» mugolai, strisciando verso di lei.

I singhiozzi di Jennifer erano l'unico rumore che si sentiva intorno. Non riuscivo a distogliere lo sguardo dagli occhi vuoti di Melissa, non riuscivo. Non poteva essere. Non era possibile.

«Dobbiamo andare» disse Zane, alzandomi di peso e tirandomi via di forza da quella scena terribile.

Tutto quello che accadde dopo lo vidi come se stessi assistendo a un film. Attraversammo tutti il portale, mancava solo Lucifero, che aveva dato ordini ad Axel di chiuderlo, se non si fosse fatto vivo entro dieci minuti.

Derek si mise al mio fianco e mi posò una mano sulla spalla.

Era sua cugina. Perché non ce l'aveva con me? Perché non mi incolpava della sua morte?

Crollai in ginocchio e Derek mi seguì sul terreno e mi abbracciò. Piansi tutte le lacrime del mondo in silenzio, perché Axel non doveva sapere. Non ancora, o non avrebbe avuto la forza per portare il suo compito a termine.

«Ora devi andare ad aiutare tuo fratello» mi sussurrò Derek all'orecchio. «È ora.»

«Ma Lucifero...»

«Ha dato ordini precisi. Deve chiudere il portale e la dimensione.» Derek mi asciugò le lacrime con i pollici. Aveva anche lui gli occhi lucidi. «Vai.»

Mi aiutò ad alzarmi e mi avviai da Axel, in piedi davanti al portale con gli occhi chiusi, come se fosse in meditazione. Accanto a lui c'erano i miei genitori.

Loro sembravano aver capito e mi strinsero in un forte abbraccio, prima di lasciarmi prendere Axel per mano. Mia madre piangeva in silenzio. Avremmo richiuso la dimensione con dentro Black Zane, Lucifero e...

Se ci pensavo mi veniva di nuovo da piangere, non potevo permettermelo. Dovevo dare forza a mio fratello.

Strinsi la sua mano e chiusi gli occhi. Un calore benefico risalì dalla punta dei piedi e si espanse, fino a raggiungere la cima della testa. Avevo dato tutta l'energia possibile ad Axel, ora era il momento di supportarlo nell'utilizzo del suo potere.

Axel sollevò la mano destra e la rivolse al portale. I contorni iniziarono a contrarsi e poi a restringersi, e proprio quando il portale si era quasi del tutto chiuso, Lucifero ne emerse velocemente, reggendo in braccio una figura pallida vestita di nero.

Poteva essere... ?

«Melissa!» gridò Axel precipitandosi da lei, ma Lucifero scosse la testa affranto.

Aveva solo riportato indietro il suo corpo.

Ma Melissa non c'era più.
Mi aveva salvato la vita.
Si era sacrificata per me.

CAPITOLO 16

Cassy

Ciò che era accaduto divenne reale solo un paio di giorni dopo, quando ci ritrovammo tutti a Rocce Grigie, davanti a quella che era stata casa di Melissa. I Dimidium avevano realizzato un piccolo cimitero nel quartiere, ma Melissa non si sarebbe mai separata da casa sua, perciò avevamo deciso di seppellirla sul retro.

Dal cielo cadeva una pioggerellina sottile, non abbastanza intensa da bagnare ma nemmeno così poca da non dare fastidio.

Era ancora tutto così surreale, anche in quel momento, davanti alla bara scura, aperta e già posizionata sulla fossa che aveva scavato Axel da solo. Non aveva voluto l'aiuto di nessuno, nemmeno quando aveva iniziato a scavare a mani nude, spezzandosi tutte le unghie a sangue.

Le aveva messo tra le mani una rosa nera e si era allontanato a piedi verso casa, senza aspettare che il funerale terminasse e la bara venisse chiusa e sepolta.

Nei giorni a seguire non aveva versato una lacrima. Neanche una. Si era chiuso in un silenzio tormentato, come se stesse pianificando qualcosa, e si era estraniato dal resto del mondo.

Passava le sue giornate a fissare il vuoto, fumando una sigaretta dietro l'altra, e se qualcuno osava avvicinarsi lui prendeva e se ne andava, sparendo per ore. Perciò, all'ennesimo tentativo, non ci eravamo più avvicinati per non farlo allontanare.

Per un periodo eravamo rimasti quasi tutti in casa mia. Jennifer non faceva altro che piangere sul divano accoccolata sulla spalla di Mark, che ovviamente non aveva fatto una piega. Derek sembrava una statua di ghiaccio, solo un paio di volte lo avevo beccato a sospirare con lo sguardo perso in un punto imprecisato sul muro.

Zane aveva deciso di prendersi del tempo per sistemare casa sua. Sarah si era offerta di dargli una mano, ma lui aveva rifiutato. Aveva detto che voleva rimanere un po' da solo per elaborare tutto ciò che era successo e la scoperta che Lucifero fosse suo padre.

Avevano trascorso del tempo insieme, dopo la rivelazione; poi, dopo averci messo al corrente del non rapimento della madre di Sarah, Lucifero e i miei erano partiti per raggiungerla, e unirsi a lei nella ricerca delle altre Generatrici.

Erano sicuri che, dopo tutta l'energia magica scaturita dagli ultimi eventi, presto avremmo dovuto scontrarci con Halessiel in persona; ecco perché si erano affrettati a mettersi sulle tracce delle altre.

Anche Sarah aveva preferito tornare a casa sua e passare del tempo con i suoi genitori adottivi: voleva sapere finalmente la verità, e aveva promesso che non sarebbe tornata finché non l'avesse ottenuta.

E piano piano la casa si era svuotata e le vacanze di Natale si avvicinavano alla conclusione. Perché sì, io ero convinta che fossimo rimasti settimane intere bloccati in quella dimensione, invece tutto si era svolto nell'arco di pochi giorni.

E in pochi giorni *lei* se n'era andata.

Da quando avevo iniziato a considerarla un'amica?

Eppure era così. E avevo continuato a pensarlo anche quando Jennifer, prima di tornare a casa sua, mi aveva lasciato una lettera che Melissa le aveva chiesto di consegnarmi se le fosse successo qualcosa durante il nostro salvataggio. La lettera era più che altro un foglietto spiegazzato e sporco di terra. Jennifer mi aveva confessato che glielo aveva passato poco prima di addentrarci nel corridoio erboso. Lo giravo e rigiravo tra le dita da giorni, senza avere il coraggio di aprirlo.

Jennifer aveva spiegato tutto; non solo a me, ma a tutti quanti. Ci aveva detto del patto con Halessiel, e non Lucifero, del mio ruolo e di come aveva provato a usarmi al posto di Axel. E anche di quello che aveva tenuto nascosto a tutti, ossia la sua speranza di riportare in vita la madre di Derek, cosa che aveva lasciato quest'ultimo senza parole.

Melissa aveva ingannato tutti, ma in fondo già lo sapevamo. Perché Melissa era semplicemente... Melissa.

Non ero incazzata con lei, come potevo esserlo?

Tornare in classe senza le sue apparizioni misteriose, le sue minacce velate e le sue ambigue dimostrazioni di affetto non sarebbe stata la stessa cosa.

Axel non sarebbe stato lo stesso.

La mia vita perfetta si era trasformata in un incubo, che aveva raggiunto il culmine con la sua scomparsa.

Mi insospettiva solo il comportamento di Axel, depresso certamente, ma fin troppo tranquillo per i suoi standard. Doveva avere in mente qualcosa, ma dato che non c'era modo di avvicinarlo sperai soltanto che fosse lui ad aprirsi con me, quando se la fosse sentita.

Attesi con ansia che tutti lasciassero casa nostra, sperando che rimanere da soli ci facesse riavvicinare, ma dopo tre giorni non aveva dato il minimo accenno di volermi rivolgere la parola.

Iniziai a pensare che ce l'avesse con me, perché se Melissa non mi avesse salvato forse non sarebbe morta. O forse saremmo morte entrambe, cosa molto probabile.

Non avevo voglia di sentire nessuno, nemmeno Zane, che comunque non si era fatto vivo. Tra la rivelazione su chi fosse il suo vero padre, l'aver rivisto Christina e il trauma della prigionia, aveva bisogno di un po' di pace. Gli volli lasciare il suo spazio.

E Derek...

Derek era l'unica persona che il mio cuore accettava volentieri accanto.

Ogni sera si presentava da me e mi faceva compagnia sul divano. Guardavamo un film insieme finché non mi addormentavo. Sapeva che ero tormentata dagli incubi. Mi portava a letto e rimaneva con me fino alla mattina, per poi ritornare la sera. Non parlavamo, ma la sua sola presenza mi infondeva un senso di protezione che apprezzavo infinitamente.

Quando chiudevo gli occhi rivedevo quelli gelidi di Black Zane e quelli freddi e immobili di Melissa. Sentivo la sensazione del sudore freddo sulla mia pelle quando avvertivo i passi di Black Zane tornare all'istituto, il rumore dei fulmini che si infrangevano a pochi metri da me, il respiro debole di Zane quando lo avevo trovato il primo giorno e il suono indelebile di quelle maledette catene. L'odore del sangue e l'elettricità della tensione nell'aria.

Black Zane tormentava il mio sonno, perché da una parte mi sentivo in colpa per averlo abbandonato. In fondo era Zane, la sua versione peggiore nata per colpa mia. Nei sogni mi pregava di restare e nello sguardo non c'era cattiveria.

E poi c'era quella costante sensazione; qualcosa che mi mancava, tanto da farmi stare male. E quella sensazione era provocata dal ricordo delle parole di Zane, quando mi aveva detto che aveva frainteso i suoi sentimenti per me. Ma non era vero, ne ero certa grazie alla connessione involontaria generata dal potere di Sarah.

Lui sa dei tuoi sentimenti, eppure è una vita che li reprimi. Si sarà anche rotto le palle, non ti pare? Eccola tornata alla riscossa, la voce maligna nella mia testa. Ma come darle torto?

Guardai il tatuaggio, quello che avevamo fatto insieme. Ebbi la sensazione che ormai fosse l'unica cosa che ci legasse. Avevo paura che tutto ciò che avevamo passato lo avesse allontanato definitivamente da me, invece che avvicinarlo di più.

Durante la prigionia avevo passato le mie giornate a prendermi cura di lui, cercando di rimetterlo in forze, ma... Non mi aveva mai voluto dire cosa Black Zane gli aveva fatto o detto.

Era come se si fosse definitivamente spezzato.

Rivedere Christina pensavo lo avrebbe aiutato, invece temevo che fosse stato solo il colpo di grazia.

Mi faceva male quasi quanto la morte di Melissa, a cui non potevo assolutamente pensare. Ogni volta che mi azzardavo a farlo mi sentivo cadere nel vuoto all'infinito, con la paura di non riuscire più a emergere.

«Ehi, Cassy» mi sussurrò Derek all'orecchio, l'ultima sera di vacanze natalizie, facendomi riemergere dal mare dei miei pensieri in punto di addormentarmi. «Ti porto a letto, ok?»

Era sempre così premuroso con me, ma la tensione tra noi era una costante che non passava mai in secondo piano.

Quando i nostri corpi si sfioravano, era come se ogni volta prendessimo la scossa; una sensazione di timore e attrazione prendeva il sopravvento. Ormai c'ero abbastanza abituata, ma per lui non sembrava essere lo stesso. Si vedeva che era molto provato dalla nostra vicinanza, come se ogni volta fosse la prima volta. Ecco perché apprezzavo ancora di più la sua tenacia nello starmi accanto. Perché per sollevare me doveva combattere e vincere contro i suoi demoni.

Annuii e mi lasciai prendere in braccio.

L'unica cosa positiva di tutta questa faccenda è l'aver perso tutti i chili in eccesso, pensai stupidamente quando, toccando con la testa il cuscino, Morfeo mi conquistò quasi del tutto.

Fu allora che Derek sussurrò: «Mi dispiace, Cassy. Perdonami. Non voglio farti del male. Ecco perché non posso più restare».

Ma la mattina dopo, quando mi alzai controvoglia e mi vestii per andare a scuola, che non avrei mai più guardato con gli stessi occhi, avevo già dimenticato quelle parole.

Sarah

Non avevo alcuna intenzione di ritornare a scuola. Era l'ultima notte delle vacanze natalizie, ma un pensiero mi tormentava ormai da giorni. La morte di Melissa era solo stata la punta dell'iceberg.

La verità era che non potevo strapparmi dalla pelle la sensazione di sollievo che Derek aveva provato quando aveva saputo che non era Cassy la Dimidium che l'Ordine voleva reclutare. Sapevo che non era un sentimento nato dalla cattiveria, ma mi aveva comunque lasciato l'amaro in bocca e la delusione nell'anima.

Mi sentivo inutile, sacrificabile. Io, che facevo sempre del mio meglio per aiutare gli altri. Che ero sempre disponibile con tutti.

Non avevo avuto il perdono di Cassy, che non mi aveva neppure permesso di spiegare il mio punto di vista rispetto a quello che era successo con Zane. Non si era preoccupata del mio stato d'animo o di capire se ci fosse qualcosa di più sotto, come effettivamente era stato. Black Zane aveva rovinato la nostra amicizia, ma lei non era stata comprensiva nei miei confronti, non aveva voluto chiarire ciò che era successo tra di noi, non me ne aveva dato neanche la possibilità.

Mi ero sentita un'ospite indesiderata e me n'ero andata, lasciandole il suo spazio nella speranza che si facesse viva e ci desse l'opportunità di chiarire. Ma non era successo. Forse la nostra amicizia per lei non era così importante, come invece credevo io.

E mi ero resa conto da quel pensiero che, in effetti, oltre a Zane e Cassy non mi ero avvicinata a nessun altro. Io, che ero sempre stata piena di amici, non ero riuscita a legare con nessuno; e anche con quelli con cui ero convinta di aver legato... Beh, in realtà non era così. Nemmeno Zane aveva voluto sapere niente di me, e non ne capivo il motivo. Appena mi aveva vista, durante il salvataggio, mi aveva abbracciata e ringraziata di essere lì a salvarli, ma poi si era chiuso in un silenzio impenetrabile e non aveva voluto più parlare con nessuno. A niente erano servite le decine di messaggi che gli avevo inviato; non avevo mai ricevuto una risposta. Neanche da parte di Cassy.

Ero delusa anche dall'inganno di Melissa. Mia madre stava bene, non era in mano al nemico come mi aveva fatto credere per tutto quel tempo, ecco perché non riuscivo a dispiacermi del tutto per la sua morte, seppure mi facesse comunque male. Era stata cattiva con tutti, aveva ingannato chiunque avesse riposto in lei della fiducia; persino quella povera ragazza che le stava sempre attorno e che ci aveva degnato di una spiegazione su tutta la situazione una volta per tutte.

Non ero riuscita nemmeno a cavare un ragno dal buco dai miei genitori: erano convinti veramente che fossi loro figlia, e le loro auree sincere lo confermavano. Erano forse sotto l'effetto di qualche strana magia?

Mi rigirai nel letto come se fossi febbricitante. Sudavo freddo e mi sentivo i muscoli intorpiditi. Non avrei mai avuto il coraggio di tornare a scuola. Non era più il mio posto. Forse dovevo stare dove qualcuno avrebbe riconosciuto il mio valore, dove potevo rendermi utile. Dove non ero *sacrificabile*.

Evan si materializzò tra i miei pensieri, e insieme a lui il biglietto che mi ero ritrovata in mano quando mi aveva lasciato quella notte con la sua proposta. Il numero di telefono sul biglietto era scritto con una grafia disordinata e sbrigativa, non c'era nessun nome come riferimento. Poteva benissimo non essere il *suo* numero, per quanto potevo saperne. Eppure era ciò che mi stava facendo impazzire da un paio di giorni a quella parte: quelle cifre senza nome che non promettevano sicuramente cose buone.

Tanto sarebbe comunque tornato a prendermi, prima o poi, e mi avrebbe uccisa nel caso non avessi accettato la proposta. Mi potevo fare avanti io e guadagnare almeno qualche punto nella fiducia dell'Ordine. Forse avrei potuto sfruttarlo a mio vantaggio.

Oppure voglio solo rivederlo, per chissà quale assurda ragione?

Mi sollevai dal cuscino e rimasi seduta sul letto a fissare la finestra, mentre la pioggia tamburellava sul vetro. Era una notte troppo tranquilla per contenere tutti i miei pensieri, e quel bigliettino sul mio comodino continuava a reclamare la mia attenzione.

Lo afferrai con delicatezza, quasi come se avessi paura che si potesse rovinare. Emanava un profumo forte, mascolino, come se fosse rimasto a contatto con i vestiti di Evan per troppo tempo. Lo fissai per così tanto che memorizzai le cifre.

E se non fosse lui a rispondere?

È davvero questa l'unica cosa che mi sta trattenendo dal contattare questo numero?

Quel silenzio, disturbato solo dalla pioggia, mi stava facendo impazzire. Tra qualche ora sarebbe stato tutto un fermento per il rientro dalle vacanze.

I miei genitori non avevano saputo nulla di quello che era successo, e mai lo avrebbero saputo. Mi ero limitata a dire che avrei dormito da un'amica per un po'.

La mia vera madre non l'avevo mai conosciuta e non era mai venuta a vedere come stessi. Non si era mai preoccupata per me.

Una lacrima colpì il bigliettino tra le mie mani.

Era meglio quando, fino a qualche mese prima, non sapevo nulla di tutta quella storia. Ero felice e spensierata, piena di amici e con la classica vita di un'adolescente americana.

Non mi era mai piaciuto farmi vedere debole, *essere* debole. La forza d'animo era sempre stata uno dei miei punti... di forza, appunto. Solo che, tutta quella serie di eventi, mi aveva davvero scossa e avevo nostalgia della mia vecchia vita.

E se...

Cercai in rubrica il numero che mi serviva e avviai la chiamata. In California era ancora un orario decente. La mia amica di sempre rispose dopo solo un paio di squilli.

«Sarah! Come stai? È da una vita che non ti fai sentire!»

«Ho bisogno di un favore.»

Derek

Seduto alla poltroncina girevole della scrivania, guardavo Cassy dormire profondamente nel suo letto. Lei avrebbe definito lo scroscio della pioggia come *una fastidiosa ninna nanna*. Per me era solo fastidiosa.

La morte di mia cugina l'avevo sentita più di quanto potessi mai immaginare, ma non abbastanza da sovrastare quello che provavo in ogni singolo istante.

Rigiravo Instinct, in forma di pugnale a lama corta, tra le dita della mano destra, combattendo contro l'istinto di conficcarlo nel petto di Cassy più a fondo possibile, fino a farle esalare l'ultimo respiro.

Pensavo che starle accanto mi avrebbe aiutato a dominare e mettere a tacere quell'impellente bisogno di toglierle la vita, ma mi ero reso conto che non era affatto così.

Quel desiderio si faceva sempre più concreto, talmente concreto che potevo già assaporare la sensazione del suo sangue scorrere tra le mie mani.

Perché? Non avevo mai voluto uccidere nessuno, nemmeno quando ero stato costretto a farlo. Non avevo mai provato piacere nella morte causata dal mio lavoro. Con lei era come se tutto il mio essere reclamasse la sua morte. Tutto tranne il mio cuore, l'unica cosa che opponeva fiera resistenza a quel pensiero.

Ma sapevo che era solo questione di poco tempo. Le mie forze stavano scemando, combattere contro quell'istinto stava richiedendo tutta la mia energia e ormai non ne avevo quasi più. Ecco perché non potevo restare.

C'era qualcosa di anormale, lo sapevo. E sapevo anche che mio fratello ne era a conoscenza. Me lo sentivo. Volevo risposte, volevo capire se fosse possibile estirpare quel desiderio bruciante che mi stava consumando. Se c'era qualcosa che potessi fare.

Mi venne un'illuminazione, ma pregai di sbagliarmi. Non poteva essere successo di nuovo.

Nel buio della notte, mi andai a sedere sul letto accanto a Cassandra. Il suo viso era coperto da quei bizzarri capelli rosa. Respirava lentamente. Nessun incubo in vista.

Mi sdraiai accanto a lei e mi sentii uno stalker. Allungai una mano verso la sua spalla; man mano che mi avvicinavo, quel demone che avevo dentro si contorceva e bramava morte in maniera così dolorosa da mozzarmi il fiato. Il cuore iniziò a galoppare, e anche altre parti del mio corpo reagirono alla sua vicinanza. Era bellissima ed ero stato attratto da lei fin dal primo sguardo, ma quell'istinto era troppo prepotente e faceva passare in secondo piano il mio sentimento per lei.

Mi tornarono in mente le sue labbra morbide sulle mie e la voglia aumentò a dismisura, così come la necessità impellente di ucciderla.

Quando la mia mano fu a pochi millimetri dalla sua spalla nuda, ebbi una conferma che non avrei mai voluto avere. Minuscoli filamenti di elettricità attraversavano il punto in cui la nostra pelle si sfiorava.

Una rabbia primordiale nacque nel mio cuore e venne pompata in tutto il corpo come veleno.

Quel bastardo di mio padre lo aveva fatto, di nuovo.

Ed Evan lo sapeva.

La prima volta era andata male, ma non avrei ripetuto lo stesso errore.

Questa volta troverò il modo di spezzare l'Obligatorium.

Spostai la mano verso il suo polso, contornato dal bracciale che le avevo regalato. Accarezzai le perle lisce che lo componevano. L'ametista era una pietra protettiva, e inconsciamente le avevo regalato l'unica cosa che fino a quel momento mi aveva impedito di ucciderla. Ma non mi avrebbe trattenuto ancora per molto.

«Mi dispiace, Cassy. Perdonami. Non voglio farti del male. Ecco perché non posso più restare» le sussurrai dolcemente, sfiorandola per l'ultima volta, poi mi alzai e mi avviai fuori da casa sua.

Ero arrivato fin lì a piedi, come ogni sera. Camminare nel buio della notte mi aiutava a schiarire la nube polverosa di pensieri che affollava la mia testa.

Uno scricchiolio alle mie spalle mi fece drizzare le orecchie: qualcuno mi stava seguendo. Qualcuno abbastanza silenzioso da non farsi scoprire da un essere umano non addestrato, ma non così tanto da nascondersi a me. Continuai a camminare a passo lento, aguzzando l'udito, fino a percepire i lievi passi sul terreno e il fruscio delle foglie dietro le quali la presenza si stava nascondendo.

Non poteva essere Evan, non sarebbe stato tanto maldestro, né un qualsiasi altro Terminatore. Ma ero certo che fosse un Blazes. I piccoli tonfi ovattati di un paio di suole con tacco mi diedero la convinzione che si trattasse di una donna.

Ma chi diavolo poteva essere? Qualcuno mandato da mio padre?

Mi bloccai di colpo sulla strada. «Fatti vedere» dissi a voce alta. «So che mi stai seguendo. Chi sei?»

Per un attimo, ebbi solo un silenzio di tomba come risposta, poi un chiaro rumore di passi mi fece capire che la figura alle mie spalle era venuta allo scoperto.

Mi voltai e sgranai gli occhi. «Ancora tu? Si può sapere che vuoi da me? Ti ha mandato mio padre? Pensavo che quando Melissa ti aveva messa al tappeto avessi percepito l'avvertimento.»

«Melissa è morta» rispose Elizabeth Lancaster. «Non fa più così paura da sotto terra» aggiunse, con sorriso trionfante.

Il nervoso mi fece correre la mano a Instinct.

«Io non lo farei, se fossi in te. Sono l'unica che può aiutarti.» La ragazza ridacchiò soddisfatta, come se fosse certa di avermi in pugno.

«Ora mi hai proprio stancato. Dimmi cosa vuoi o sparisci, se non vuoi andare a fare compagnia ai vermi sottoterra. Mia cugina non ti aveva cancellato la memoria?»

«Mi sottovalutate sempre, non è vero? Non vi siete neanche preoccupati di capire perché quel giorno vi avessi seguiti. Avete pensato che fossi solo un'impicciona fastidiosa venuta a guastarvi la festa. Ho ragione?»

Era così, in effetti. Avevamo archiviato quella breve incursione senza preoccuparci di capirne il motivo, troppo presi dai nostri piani.

Era stato un errore. Era chiaro che quella ragazza sapesse molto di più di quanto credevamo. Inoltre poteva essere una spia di mio padre. Perché non ce n'eravamo mai preoccupati? Un errore da dilettanti.

«Sta' tranquillo» aggiunse. «Non ho intenzione di fare la spia, per ora. Anche se è proprio quello che sono, in effetti. Sono una Specialista, ma il mio sogno è sempre stato quello di eccellere, al contrario della mia famiglia, che si è sempre accontentata. Voglio diventare una Terminatrice.»

«Prima cosa, non capisco cosa dovrebbe importarmene; seconda cosa, non penso che tu ne abbia le qualità. Ti si sentiva a un miglio di distanza, altrimenti non ti avrei scoperta.»

«Oh, ma io *volevo* che tu mi scoprissi.» Esalò uno sbuffo divertito. «Altrimenti mi avresti scoperta anche quando vi ho seguiti per tutto il resto delle vostre scorribande.»

Mi gelai sul posto. Non era possibile, non poteva essere vero quello che stava dicendo. Ma se era sincera voleva dire solo una cosa: sapeva tutto.

«Che cosa vuoi?»

«So del tuo piccolo... *problemino*. Potrei aiutarti sia a rimuovere l'Obligatorium, sia a farti tornare la memoria. Sai, era mio padre lo Specialista che te l'ha applicato. Ovviamente tutto ha un prezzo.»

La guardai con rabbia, finché cedetti.

«E quale sarebbe il prezzo?»

«Come ti dicevo prima, il mio sogno è sempre stato quello di eccellere, e non mi riferisco solo al mio ruolo all'interno dell'Ordine. La mia famiglia è di lignaggio puro, e io ho bisogno del meglio che c'è sulla piazza. Ma come sai, i Nephilim buoni scarseggiano. Quale miglior partito di uno dei figli del comandante Dieuchasse?»

«No. Non se ne parla» risposi a brucia pelo, senza rifletterci nemmeno per un secondo. Se pensava di ricattarmi in quel modo, se lo poteva scordare. Non avevo alcuna intenzione di avere a che fare con un tipo del genere.

«Peccato che tu non voglia sentire le mie condizioni. Non sono tanto stupida da pensare che la nostra farsa possa reggere per molto. È ovvio che non potremmo essere legati a vita.»

«E allora che diavolo vuoi da me?» sbottai. La rabbia cresceva sempre di più e iniziavo a perdere il controllo. Dovevo ragionare lucidamente per uscire da quella situazione senza gravi conseguenze.

Mantieni la calma, Derek.

«Cosa vuoi?» ripetei con tono più pacato.

«Molto meglio» osservò Elizabeth sorridente. «Iniziamo a ragionare.» Fece una breve pausa, poi riprese. «Quello che voglio è la tua parola. Nessuno crederà mai che possiamo davvero essere una coppia, ma la cosa che conta è perpetrare la purezza del nostro lignaggio. È la cosa più importante per la mia famiglia. Voglio quindi la tua parola che, una volta terminata la scuola, dopo aver preso il diploma e superato l'esame per diventare Terminatrice, tu possa darci un erede.»

«Ma che assurdità stai dicendo? Io dovrei metterti incinta per le convinzioni assurde della tua famiglia?»

«Non pretendo che tu possa capire...» Aveva perso tutto il suo tono saccente, e la voce era rotta dal magone che le si era formato in gola. «Ma non voglio deludere la mia famiglia. Tutti si aspettano la perfezione da me.» Abbassò gli occhi, sembrava sinceramente affranta.

Mi fece quasi pena. Veniva trattata male da tutti, ma in fondo si vedeva la sua sofferenza. Dopotutto era soltanto un'altra vittima dell'Ordine, avrei dovuto pensarci prima.

«Non sei costretta» le dissi, avvicinandomi a lei.

«Nemmeno tu sei costretto, eppure... La vita va così. Non sempre possiamo comportarci come più ci piace. Ci sono obblighi e doveri che vanno rispettati. Funziona così. Io ti ho proposto di liberarti da questo vincolo, e ho chiesto solo una cosa in cambio. Ti prometto che non dovrai mai preoccuparti di noi. Potrai fare come se non esistessimo e continuare con la tua vita.» Sollevò gli occhi azzurri e pieni di lacrime su di me, e per la prima volta ci vidi un'anima.

Il senso di colpa mi arpionò il petto. Non mi ero reso conto che avevo riversato parte della mia frustrazione su di lei, da quando avevo messo piede in quella scuola. Era insopportabile, quello sì, ma non giustificava le persone a trattarla in quel modo orribile. Eppure lo facevano tutti.

«Elizabeth, io posso promettere di aiutarti, ma non in quel modo. Troveremo una soluz...»

«No!» urlò lei, facendo due passi indietro. «È l'unica strada per essere accettata! Questo è l'accordo, prendere o lasciare! Sai bene che un Obligatorium può essere spezzato solo da chi l'ha fatto o dal suo stesso sangue, quindi questa è la mia proposta. Nessun altro si offrirà di aiutarti come ho fatto io. Non farò nemmeno la spia su tutto quello che so su ognuno di voi all'Ordine. Ti prego...»

Sospirai e mi passai una mano tra i capelli. Non poteva essere una richiesta reale. *Un figlio come merce di scambio.*

«Lascia che ci rifletta su. Ok?»

Lei mi fissò a lungo, poi annuì. «Ti do un mese di tempo. Ma sappi che potrebbe essere troppo tardi per te. L'Obligatorium è stato messo ormai da tantissimo tempo, e sento che il tuo corpo non reggerà ancora per molto. E anche il potere protettivo del bracciale di Cassandra si sta esaurendo. Dammi il tuo cellulare.»

Esitai, poi lo tirai fuori e glielo allungai. Lei ci scrisse il suo numero e me lo restituì.

«Se cambi idea prima dello scadere del mese, fammelo sapere.»

«E se deciderò di non accettare?»

«Professore, io non sono una cattiva persona. Voglio solo eccellere. Ma se dovrò scegliere tra salvarmi la vita facendo la spia o rischiarla per tacere, sai cosa sceglierò.»

Annuii. «D'accordo.»

«Un mese» ripeté. Poi girò i tacchi e tornò indietro, nella direzione dalla quale ero venuto, lasciandomi in balia dei miei pensieri.

Jennifer

Quella notte la pioggia era insistente. Attraverso il vetro della nostra stanza da letto, guardavo la casa di Melissa illuminata solo dalla luce generosa della luna piena. L'illusione tenuta in piedi dai suoi poteri era svanita, e ora la casa era davvero una catapecchia come appariva all'esterno.

Quella era la prova che lei davvero non c'era più. Non il suo corpo freddo nella bara, non il suo funerale, solo quella vecchia capanna fatiscente era riuscita a farmi aprire gli occhi e a farmi capire che era tutto vero.

Melissa era davvero morta.

Le lacrime rigavano indisturbate il mio viso e si ammassavano sul davanzale di pietra in una piccola macchia scura. Le lasciai scorrere, senza preoccuparmi di asciugare gli occhi. Glielo dovevo.

Melissa era quello che era, e anche se non lo avrebbe mai ammesso, era davvero un'amica. Mi aveva accolto e aiutato quando non sapevo dove andare e cosa fare. Mi aveva trovato un posto dove vivere e si era presa cura di me anche quando sua madre era stata portata via. Non mi aveva mai lasciata sola.

Se ero sopravvissuta, era solo grazie a lei.

A Mark non importava della sua morte, ma non c'era da meravigliarsi. A lui non importava di nessun altro oltre me. Però, se prima la cosa non mi aveva mai infastidito, quella volta non era così. Ero arrabbiata con lui, perché non era possibile che non provasse niente di niente per lei. Nemmeno un briciolo di dispiacere. Zero. A volte avevo l'impressione che non fosse neppure umano.

Mi consolava, quello sì, ma non condivideva il mio dolore, che era quello di cui avevo bisogno in quel momento. Sfogarmi, parlare con qualcuno che mi capisse appieno. Ricevere consigli su come affrontare e superare il lutto.

Pensai a Cassy e alla nostra amicizia. Da quando c'eravamo ritrovate mi aveva sempre trattata come un'estranea, non aveva più voluto riallacciare un rapporto. C'ero rimasta male. Mi aspettavo comprensione da parte sua, ma non era stato così.

Anche durante i frequenti allenamenti, prima che tutto accadesse, raramente si rivolgeva a me in maniera diretta. Preferiva parlare con Melissa.

Forse me lo meritavo. Ero sparita senza darle alcuna spiegazione, rovinando anni di profonda amicizia. Ma non meritano tutti una seconda possibilità?

Quando i miei poteri si erano manifestati avevo lasciato la scuola, convinta da Mark e da Melissa che fosse la cosa migliore da fare per il pericolo che correvo. E se fosse stata la scelta sbagliata?

Forse c'era un modo per rimediare...

«A cosa stai pensando?» mi chiese Mark a sorpresa. Chissà da quando si era svegliato.

Mi voltai verso di lui e mi asciugai gli occhi con la manica della camicia da notte.

«Voglio ritornare a scuola» risposi con sicurezza.

Lui si mise a sedere sul letto e sospirò. «Lo sapevo già. L'ho sognato.»

«E?»

Avevo paura che me lo impedisse, anche se non aveva mai fatto nulla del genere. Non mi aveva mai imposto o vietato nulla, ma il non comprenderlo ancora del tutto lasciava presente la serpe del dubbio nella mia testa. Era come se temessi che da un momento all'altro esplodesse. Anzi, non lo temevo. Ero *sicura* che prima o poi sarebbe successo. Non nei miei confronti, di quello ne ero certa, ma sarebbe successo.

E l'idea mi spaventava.

«E niente, Jen, sei libera di fare quello che ti pare. Sai bene quali siano i rischi, ma se è il tuo desiderio io non farò altro che supportarti.»

«E se venissi con me?» mi uscì di getto. Averlo accanto mi avrebbe infuso più sicurezza.

«Non hai bisogno di me. Sei una ragazza forte e indipendente.»

«Lo so, ma mi piacerebbe che affrontassimo insieme questa cosa.»

Mark si alzò e mi venne ad abbracciare da dietro. Gettò uno sguardo alla casa vuota di Melissa e, per la prima volta, la sua bocca si storse in un'espressione quasi affranta. Poi mi prese la testa tra le mani e mi baciò.

«Se è quello che vuoi, allora sarò con te.»

Mi prese per mano e mi accompagnò a letto. Mi sfilò gentilmente la camicia da notte e la mise da parte su una sedia, prima di farmi distendere sotto di lui.

CAPITOLO 17

Axel

I l mio letto, senza di lei, sembrava immenso, freddo, vuoto. Lo sembrava già da prima che lei... Da quando ci eravamo separati.

Lei, con il suo bianco e nero, aveva reso il mio mondo a colori. Ecco perché non potevo rassegnarmi all'idea che non l'avrei più rivista.

Soffrivo per come ci eravamo lasciati, per le ultime parole che le avevo detto e per aver permesso al mio orgoglio di impedire al mio cuore di correre da lei alla prima occasione. Ma quella era davvero l'unica cosa per cui stavo male.

Perché ero sicuro che non sarebbe finita lì.

Nelle narici avevo impresso il profumo della sua pelle: pioggia e aria della notte, reso ancora più tangibile dal cielo buio e dalle gocce che picchiettavano sul vetro della finestra.

Lei mi mancava, avrei voluto spaccare tutto e fumare fino a distruggermi i polmoni, ma dovevo mantenermi lucido e pensare a come mettere a punto il mio piano.

Cassy mi aveva raccontato di come era riuscita a tornare indietro nel tempo, o almeno così aveva creduto, per ben tre volte. In quel modo aveva aperto tre dimensioni: una era quella di Black Zane, che era stata chiusa.

Ciò voleva dire che esistevano ancora due dimensioni aperte in cui Melissa poteva essere viva.

Ma io non ero in grado di aprire portali dimensionali. Chi poteva riuscirci, che io sapessi, erano solo Lucifero e Zane, dato che Black Zane l'aveva fatto.

Avevo i miei dubbi che Lucifero potesse interessarsi alla mia causa, perciò la mia unica speranza era Zane, che non credevo sapesse neppure da dove cominciare per aprire un portale. Ma dovevo provare.

Gli avevo mandato un messaggio a cui non aveva mai risposto. Ero tentato di alzarmi subito e andare da lui, ma il suo atteggiamento, specialmente nei confronti di Cassy, mi aveva fatto desistere.

Ero consapevole che più passava il tempo e meno probabilità avevo di trovare Melissa viva in qualche altra dimensione. Nelle altre dimensioni il tempo scorreva diversamente, perciò non potevo sapere se la sua morte era già avvenuta o meno.

Premetti la testa contro il cuscino con violenza, soffocando un urlo. Non volevo pensare ai mille modi in cui poteva essere morta, dovevo agire in fretta ma con cautela.

Non volevo coinvolgere nessun altro nel mio piano, avevano già tutti quanti il loro da pensare. E i loro traumi da elaborare. E anche perché probabilmente mi avrebbero preso per pazzo. Allungai una mano e la sbattei sul comodino, cercando il cellulare. Rimasi spiazzato quando lessi il display. Messaggio da *numero sconosciuto*.

"Posso aiutarti, ma nessuno dovrà venirlo a sapere. Incontriamoci tra un'ora al lago."

Evan

La stanza del motel in cui alloggiavo era buia e avvertivo un vago odore di muffa, impercettibile a un fiuto umano. Dal bagno proveniva lo scroscio della doccia, che si mescolava a quello della pioggia, creando una rilassante sinfonia acquatica. Ero quasi tentato di abbandonarmi al sonno, ma c'era qualcosa che mi disturbava, come un presagio di un evento imminente.

L'acqua nel bagno venne chiusa e poco dopo la porta si aprì. La perfetta pelle d'ebano della mia conquista serale rifletteva i pallidi raggi della luna, che penetravano dalle persiane socchiuse.

L'osservai lasciar cadere l'asciugamano lungo i suoi fianchi morbidi ma asciutti, per poi rivestirsi in maniera molto sensuale.

«Allora grazie per la bella serata, Josh» mi disse, una volta che ebbe finito, con sguardo ammiccante.

Solo allora mi alzai e le andai incontro. «Stavo aspettando proprio che finissi di vestirti.»

«Perché?» domandò ridacchiando, e avevo il sospetto che già conoscesse la risposta.

«Per il secondo round» le risposi, afferrandola per i capelli e attirandola a me.

Infilai la mano sotto al suo vestito e strinsi con forza una della sue cosce.

«Devo andare» mi sussurrò contro le labbra, ma non sembrava così intenzionata a farlo.

Risalendo lungo la gamba non trovai l'elastico dell'intimo che le avevo tolto qualche ora prima.

«Il tuo corpo non mi pare che la pensi come te» risposi, sollevandole il vestito. Le passai le braccia sotto le gambe e l'alzai da terra, poi le appoggiai la schiena contro il muro. «Io non avevo ancora finito...» aggiunsi.

E proprio mentre stavo per tornare per la terza volta dentro di lei, il mio telefono vibrò. Una volta sola, ma bastò per smontare tutto il desiderio.

Sospirai infastidito e lasciai sgarbatamente la presa sulle sue gambe. Tirai su la zip dei jeans e andai a vedere chi fosse il rompicoglioni che aveva interrotto la mia sc... No. Impossibile. Non ci potevo credere.

«Hai intenzione di finire quello che abbiamo iniziato o...»

«Puoi andare, ora ho altro a cui pensare» le dissi, poi le lanciai un piccolo rotolo di banconote. «Per il taxi» aggiunsi, dichiarando concluso il nostro incontro.

«Sei proprio uno stronzo.»

La ragazza, di cui non ricordavo il nome, aveva un tono offeso e parecchio incazzato. Raccattò ciò che rimaneva dei suoi effetti personali in giro e uscì sbattendo la porta.

Ma non me ne poteva fregare di meno. Avevo appena ottenuto quello che volevo.

Solo due parole:

"Sono pronta."

Mi vestii alla svelta e lasciai altri soldi sul comodino e la chiave della stanza. Chiusi la porta e salii in sella alla mia moto, indossai il casco e partii in direzione Redwater.

POSTFAZIONE

Cassandra,

Se stai leggendo questa specie di lettera è perché ho espiato la mia colpa.

No, non ti sto chiedendo scusa, non fare i salti di gioia, sto solo dicendo che... beh, forse ho fatto una grossa cazzata. Una cazzata che non ti meritavi.

Ho creduto di agire a fin di bene, o almeno ne ero convinta, anche quando mi accorgevo di fare del male.

Ho creduto che fosse l'unica soluzione per riavere mia nonna e... mia zia.

Jennifer ti spiegherà tutto, io non ne ho il tempo.

Sappi solo che... mi dispiace.

Mel

RINGRAZIAMENTI

Che dire? Siamo arrivati a questo terzo, sofferto, volume. Perché dico sofferto? Beh, perché pensavo che non avrebbe mai visto la luce. Ho passato un periodo di forte apatia e blocco dello scrittore, non è stato facile. La morte del mio adorato nonno paterno, per me come un padre, è stata il colpo di grazia, che inizialmente mi ha spinto più giù, fino a toccare il fondo del baratro, ma poi mi ha dato la spinta decisa per risalire in superficie.

C'è tanto di me in questo libro. Black Zane rappresenta un po' questo periodo così difficile della mia vita. Ma ciò che più conta è che senza alcune persone veramente speciali tutto ciò non si sarebbe mai realizzato.

Ecco perché prima di tutto devo ringraziare, come sempre, il mio compagno Pietro, che anche se a volte non mi sopporta (ha le sue buone ragioni) mi spinge sempre a continuare sulla mia strada e dare il massimo.

Ringrazio anche la mia nuova, vera, amica, che ormai da due anni (il tempo vola veramente!) è stata capace di rimanere al mio fianco e capirmi come mai nessuna prima. E ha anche creato le mie bellissime copertine, scusate se è poco, oltre essere anche lei una bravissima scrittrice! Grazie Laira! Seguitela su Instagram, ne vale la pena: @lairafambono

E ci sono anche altre due meravigliose, splendide ragazze e amiche, che seppure lontane hanno saputo starmi vicine e consigliarmi sempre; a loro devo il grandissimo aiuto anche come beta reader. Grazie di cuore Imma e Elle (le trovate su Instagram come @himychan e @the_sign_of_elle, seguitele, non ve ne pentirete!).

Last but not least ringrazio tutte le incredibili bookblogger che su Instagram mi hanno sempre spronata a non mollare, ma siete davvero tantissime e vorrei nominarvi una a una, ma per evitare di dimenticare qualcuna preferisco dedicarvi soltanto un immenso GRAZIE. Il Bookstagram è una community veramente fantastica, e voi ne siete la prova tangibile.

Simona

CONTATTI AUTRICE

INSTAGRAM: **@SimonadePinto_author**

FACEBOOK: **Quatuor Potentiis Saga**

TIK TOK: **simonadepinto**

SIMONA DE PINTO

Simona de Pinto nasce a Torino il 15 febbraio 1994. Impara a leggere e scrivere all'età di tre anni grazie al mondo del fantasy, da sempre il suo unico rifugio sicuro.

Si trasferisce in Calabria a quattordici anni, età in cui comincia a lavorare per mantenersi gli studi.

Si diploma in Tecnico dei Servizi Turistici con il massimo dei voti e, nel 2019 ottiene la laurea in Economia Aziendale.

Nel 2020 partecipa alla fondazione della casa editrice e associazione di promozione culturale Blitos, una realtà editoriale di ultima generazione, coronando uno dei suoi sogni più grandi.

Nel 2021 esordisce con *La Mente*, il primo volume della saga paranormal romance *Quatuor Potentiis*, riscontrando un buon successo tra i fan del genere.

Nella prima metà del 2022 pubblica il secondo volume della saga *Il Cuore*.

Nello stesso anno inizia a lavorare per un'azienda internazionale nel settore del turismo.

Tra la seconda metà del 2022 e l'inizio del 2023 attraversa una fase di profonda apatia e blocco dello scrittore, culminata con la morte dell'amato nonno.

Riesce a riprendersi da questa fase di stallo e finalmente conclude il terzo volume della sua saga, atteso da più di un anno.

INDICE

Printed in Great Britain
by Amazon